中国古今寓言

孙建江◎主编

中国华侨出版社
·北京·

图书在版编目（CIP）数据

中国古今寓言 / 孙建江主编. —北京：中国华侨出版社，2021.6
　　ISBN 978-7-5113-8523-9

Ⅰ．①中… Ⅱ．①孙… Ⅲ．①寓言－作品集－中国 Ⅳ．①I277.4

中国版本图书馆CIP数据核字(2021)第072766号

中国古今寓言

主　　编：孙建江
责任编辑：黄　威
封面设计：刘红刚
经　　销：新华书店
开　　本：787mm×1092mm　1/16　印张：16.75　字数：180千字
印　　刷：北京世纪恒宇印刷有限公司
版　　次：2021年6月第1版　2024年2月第8次印刷
书　　号：ISBN 978-7-5113-8523-9
定　　价：39.80元

中国华侨出版社　北京市朝阳区西坝河东里77号楼底商5号　邮编：100028
发 行 部：(010) 82068999　　传真：(010) 82069000
网　　址：www.oveaschin.com
E-mail：oveaschin@sina.com

如发现图书质量问题，可联系调换。质量投诉电话：010-82069336

前 言

寓言作为一种古老的文学载体,延续数千年,遍布五大洲。中国寓言更是源远流长,从春秋战国直到当代,寓言以其讽喻、劝诫的特点,迅速风行,世代流传,留下了许多耳熟能详、家喻户晓的经典,深刻启迪和影响着人们。

本书精选百余篇脍炙人口的古代寓言故事和数十篇当代文学名家的代表之作。书中故事内涵丰富,涉及社会的诸多方面,有对勤劳善良的赞美,有对弄虚作假的批评,有对骄傲自大的讽刺……篇幅虽短小却精悍,寥寥数百字,鞭辟入里,寓意深厚,警醒读者。

为了让读者更好地理解寓言的含义,在古代篇中,我们用浅显通俗的白话文对古代寓言故事做了讲述,并标注了寓言出处和分享了寓意感悟。在当代篇中,我们直接原汁原味地呈现了作家们的作品,让读者在精美的故事中遨游,以开放、多元的思维领悟当代寓言的魅力。

目 录

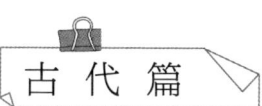

古 代 篇

掩耳盗铃 / 003

刻舟求剑 / 005

揠苗助长 / 007

郑人买履 / 009

庖丁解牛 / 011

南橘北枳 / 013

鲁侯养鸟 / 015

郑人惜鱼 / 017

杞人忧天 / 019

画鬼最易 / 021

鲁人徙越 / 022

齐人好猎 / 024

以屠知女 / 026

王戎识李 / 028

宋人酤酒 / 029

杀驼破瓮 / 031

按图索骥 / 033

引婴投江 / 035

五十步笑百步 / 036

滥竽充数 / 038

东施效颦 / 040

楚王好细腰 / 042

齐桓公好服紫 / 044

攘鸡 / 046

邯郸学步 / 047

螳臂当车 / 048

运斤成风 / 050

蝉与鸲鹆 / 052

蛙与牛斗 / 053

北人食菱 / 055

楚人学舟 / 056

常羊学射 / 058
螳螂捕蝉 / 059
公输刻凤 / 061
井底之蛙 / 063
夜郎自大 / 065
蜈蚣自大 / 066
鹏程万里 / 068
楚人隐形 / 070
黔驴技穷 / 072
鹬蚌相争 / 074
不龟手药 / 076
郑人逃暑 / 078
荆人夜涉 / 079
南岐之人 / 080
樊重种树 / 081
迂公修屋 / 082
若石之死 / 084
鹬鸟中计 / 086
世无良猫 / 088
智子疑邻 / 089
狐假虎威 / 091
涸泽之蛇 / 093
叶公好龙 / 094
三人成虎 / 095

楚人有担山鸡者 / 097
偷鸭求骂 / 099
得鱼忘筌 / 101
东郭先生和狼 / 103
道士救虎 / 105
买椟还珠 / 107
杯弓蛇影 / 109
以羊替牛 / 111
穿井得一人 / 112
杨布打狗 / 114
泽人网雁 / 115
越人遇狗 / 116
燕人返国 / 118
猫祝鼠寿 / 120
鲍子难客 / 121
晋人好利 / 123
郢书燕说 / 125
南柯一梦 / 126
画饼充饥 / 128
赛跑定案 / 130
摸钟辨盗 / 132
宋贾买璞 / 133
画蛇添足 / 134
愚人食盐 / 136

亡羊补牢 / 138
守株待兔 / 140
隋珠弹雀 / 142
猴子逞能 / 143
猩猩嗜酒 / 145
自相矛盾 / 147
三纸无驴 / 149
假阶救火 / 151
赵人乞猫 / 153
河崖之蛇 / 155
农夫耕田 / 157
一钱莫救 / 158
贾人渡河 / 159
二叟钓鱼 / 161
诈言马死 / 163
兄弟争雁 / 164
斗牛而废耕 / 165
愚公移山 / 166
越人溺鼠 / 168
鲁人好钓 / 170
南辕北辙 / 172
惊弓之鸟 / 174
对牛弹琴 / 176
抱薪救火 / 178

创鹭之报 / 180
牛缺遇盗 / 181
庸医治驼 / 182
良狗捕鼠 / 183
买鸭捉兔 / 184
郑人为盖 / 185
歧路亡羊 / 186
父子性刚 / 188

当代篇

孙建江寓言七篇

伊索和伊索的学生及农夫 / 192

见过世面的老鼠 / 194

老鼠与老虎 / 195

狼与羊 / 196

青蛙的叫声 / 197

脚和手 / 198

鲳鱼拍照 / 199

周冰冰寓言七篇

冰凌花 / 202

向狮子挑战的青蛙 / 203

想接近太阳的天鹅 / 205

争夺"凤凰巢"的鸡 / 206

黄河与酒 / 207

驴子的奢望 / 209

国王的眼泪 / 211

余途寓言七篇

地平线上的人 / 214

失魂 / 215

质的较量 / 216

度量 / 217

火柴的风格 / 218

起重机的性格 / 219

石头与柳絮 / 220

凡夫寓言六篇

鲤鱼跳龙门 / 222

天鹅和螃蟹 / 223

小猴运沙 / 224

驴走了 / 225

下水老鼠 / 226

因为他是山鹰 / 227

于天全寓言七篇

豹和骆驼 / 230

不需要伯乐的马 / 231

高瞻远瞩的岩鹰 / 232

活命的争论 / 233

涂彩色后的神像 / 234

骗贡品的狐狸 / 235

彩虹的忠告 / 236

汤祥龙寓言六篇

诚信批发商 / 238

两轮车与独轮车 / 239

牧羊虎 / 240

国王选才 / 241

缺点的兄弟 / 242

汗水的味道 / 243

牟丕志寓言六篇

会飞的兔子 / 246

癞蛤蟆的理想 / 248

猎豹领跑 / 250

强大改变丑陋 / 252

上帝没有给它鱼鳔 / 254

站在高处的猴子 / 256

附录 / 258

古代篇

掩耳盗铃

春秋时期，晋国内部出现了严重的内斗，其中名噪一时的大世家范氏被另一个世家赵氏灭掉，整个家族的实力趋于弱化，就连小偷也开始光顾范氏的庭院，总想着在这个没落的世家偷一点东西。某天一个小偷翻过高墙进入庭院，正好看见院子里吊着一口青铜大钟，无论是用料还是造型、图案设计，大钟都显示出了贵族特有的气派，小偷心想这下要发财了，于是想办法要将这口大钟偷回去。

由于大钟重达几百甚至上千斤，单凭自己的力量肯定是背不回去的，最好的办法就是敲碎了一点点运回去，虽然这个方法很笨，但捞一点碎片总比什么也拿不回去要好。于是小偷找来一把大铁锤，然后用力往大钟上锤打，青铜材质的大钟迅速响起了洪亮浑厚的声音，小偷一听立即慌了神，心想声音这么大，恐怕很快就会引来他人注意，别人不就发现自己偷钟了吗？

而想要让钟声消失还不简单，只要捂住耳朵，那么声音不就完全听不见了吗？既然自己听不见声音，那么别人肯定也听不见声音了。想到这儿，小偷兴高采烈地找到两块布团，塞进耳朵里，然后挥起大铁锤，用力敲打大钟。大钟"嗡嗡嗡"地响了很久，并且很快就传到附近的人家，小偷自己却浑然不知，还在为自己的做法沾沾自喜，结果不久之后，他就被赶来的人给捉住了。

寓言出处

这则寓言出自战国时期吕不韦的《吕氏春秋·自知》。

寓意感悟

从科学的角度来分析，声音的传播是客观存在的，不以人的意志为转移，它不会因为人们堵住了自己的耳朵就停止在空气中的传播，因此这个故事告诉我们，做人一定要懂得尊重客观事实和规律，如果闭塞耳目，采取忽视的态度，或者掩盖那些本就存在的真相，坚持按照自己的主观意志行动，往往会遭到客观规律的惩罚。

刻舟求剑

战国时期，有个楚国人坐船渡江，当船行到江心处的时候，他不慎将腰间悬挂的一把宝剑落入江中，楚人平时非常在意这把宝剑，每天都随身携带，因此想要将宝剑打捞上来。按照正常做法，他应该立即停下行驶的船，然后下水打捞，可是楚人似乎并不着急这么做，而是淡定地从身上掏出一把小刀，在落水的船舷处刻上了一个简单的记号，还自言自语地说道："这就是宝剑落水的地方。"船上的人都非常疑惑地看着他，不知道他这么做的用意是什么。

等到船靠岸之后，楚人不慌不忙地下水，循着之前做好的标记在水里认真打捞，自然而然，忙活了半天之后，他什么也没捞上来。楚人非常疑惑，自己明明已经在船上做了精确的标记，只要找到了标记，不就可以找到宝剑，怎么会一无所获呢？然而其他人都将这种滑稽的表现看在眼里，这不是显而易见的吗？船一直都在往前行进，而宝剑落水的地方本身是静止的，它可不会随着船向前行驶，楚人在船上刻上标记，又怎么能够找到落水的宝剑呢？

寓言出处

这则寓言出自战国时期吕不韦的《吕氏春秋·察今》。

寓意感悟

　　事实上，在运动的船上刻出一个标记，并不能帮助人们找到落水的宝剑，因为宝剑落水的地方虽然不变，但水和船都是运动的，当船离开剑落水的区域后，刻出来的标记实际上已经偏离了宝剑落水的地方。这个故事告诉人们，做人一定要懂得灵活变通的道理，要意识到任何事物都处于不断发展和变化的过程中，因此要用发展的思维分析问题，要用变化的眼光来看待问题，拒绝教条主义，拒绝墨守成规。

揠苗助长

宋国有一位农夫非常迫切地希望自己种下的禾苗可以快速长大,早日产出粮食,因此每天他都兴致勃勃地跑到田里去看禾苗,可是第一天、第二天、第三天、第四天,禾苗的长势都很慢,每一次满怀希望去田间,都失望而归。几天之后他显得非常焦急,并且不断暗示自己:"照这么下去,我的禾苗什么时候才能产出粮食啊,不行,我得想想办法。"

农夫心想,既然禾苗长得慢,那么我不妨将它们拔高一点,这样不就可以促进禾苗的生长了吗?他为自己的奇思妙想感到兴奋,并且说干就干。一天,他一大早就赶到田里,然后小心翼翼地握住禾苗,一株株往上拔。一直忙到日落西山,他才拖着疲惫的身子回家。路上,他非常自豪地同别人说起了自己一天的劳动成果:"你不知道啊,我今天可真的是累坏了,整块田里的禾苗都被我拔高了。"农夫的儿子一听父亲的话,知道大事不妙,于是立即往田里赶。很不幸的是,田里的禾苗因为被人为拔高,根系松动,已经开始枯萎了。

寓言出处

这则寓言出自战国时期孟轲的《孟子·公孙丑上》。

寓意感悟

对于禾苗来说,它必须遵循最基本的生长规律,人为将其拔高来促进生长,只会导致禾苗快速死亡。这个故事告诉人们,任何事物都有自己的成长规律和发展规律，这是不能进行人为干预和操纵的，一旦违反或者打破了这些规律，就会产生负面影响，使得事物发展偏离轨道而变得越来越糟糕。

郑人买履

先秦时期，有一位看似聪明却糊涂守旧的郑国人，得知集市开放后，准备买一双适合自己穿的鞋子。他在出门之前特意拿来尺子量了一下自己的脚，然后将量好的尺码放在座位上，出门时却忘记随身携带了。

在逛集市的时候，他很快就选中了一款鞋子，无论款式、花色都非常满意。当他正准备寻找自己量好的尺码时，突然发现自己刚才急急忙忙出门，忘了将尺码带出来，于是就对老板说："不好意思，我将尺码忘在家里了，等我去取来再买鞋子。"

没等老板反应过来，这个郑国人就急匆匆地往回赶，而等到他气喘吁吁地从家里取到尺码时，集市已经散掉了，郑国人最终什么也没有买到，为此，他感到非常懊恼。有人在得知这件事后，就提醒郑国人："你为什么不直接用双脚去试鞋呢？只要刚好能穿进去，不就证明是合脚的鞋子吗？"郑国人非常直白地说："我宁可相信量好的尺码，也不愿意相信自己的脚。"

寓言出处

这则寓言出自战国时期韩非的《韩非子·外储说左上》。

寓意感悟

郑国人因为过度相信自己测量的"尺度"，而忽略了最基本的现实，那就是任何一种所谓的标准尺度，都不如自己的脚标准，按照自己的脚去试穿鞋子，不是要比测量好的尺度更加真实可信吗？这个故事告诉人们一个道理：在任何情况下，都要依据现实情况来考虑问题、分析问题，要懂得从实际情况出发，拒绝教条地思考问题，拒绝因循守旧的思维方式，拒绝生搬硬套生活中的各种制度和尺度。

庖 丁 解 牛

庖丁是一位非常出色的厨工，他最擅长的不是做饭，而是宰牛。某一次，他受邀替文惠君宰牛，结果大家发现庖丁在宰牛时与众不同，他总是能够巧妙地找到皮骨交接的位置，只要一用力，在手接触的部分、肩靠着的地方、脚踩着的位置、膝盖顶着的部位，就会发出皮骨相分离的声音。当他巧妙地将刀子刺进去之后，皮骨分离的声音更加清脆响亮，而且整套动作的节奏非常合乎音律。

文惠君看了之后，连连惊叹，于是就好奇地问道："真不错！你的技术怎么会高明到这种程度呢？"

庖丁放下刀子回答："我宰牛技术的高超源于对事物规律的深刻理解。一开始宰牛，我对于牛的身体结构并不了解，因此宰杀时，我的眼里只有一整头牛。练习了三年之后，我的眼里不再是整头牛了，而是牛内部的肌理和筋骨，这个时候，我可以用精神去感知牛的身体，而不是用眼睛去看。依靠着强大的意念，我能够顺着牛的肌理结构，用刀子准确劈开筋骨间大的空隙，然后在骨节间隙中操作。那些被认为技术高明的厨工，通常一年只换一把刀，因为他们的刀子只用来割肉，绝对不会轻易碰到骨头。而技术普通的厨工几乎每个月都要换刀，就是因为经常将刀子砍在骨头上。我手里的这把刀用了十九年了，被这把刀宰杀的牛少说也有数千头了，但是刀口依然锋利，就像磨刀石刚磨过一样，就是因为我能够准确找到牛身上的每一处骨节，避免和骨头硬碰硬。你知道刀刃非常薄，完全可以在骨节空隙中自由运转。当然，有时候也会遇到筋骨交错的部位，虽然不好处理，但只要集中注意力，放缓手部动作，找到最合适的地方下手，然后只需要轻轻动一动刀子，骨肉就会快速分开，像泥土散落在地上一样。"

听了庖丁厨工的话，文惠君知道庖丁厨工每次收刀时的自得与从容不是没有道理的，于是忍不住赞美："好啊！我听了庖丁厨工的话，真的是学到了养生之道啊。"

寓言出处

这则寓言出自战国时期庄周的《庄子·养生主》。

寓意感悟

庖丁切割牛肉的技法本身是建立在他对规律的理解和遵循的基础上，他从来不会使用蛮力，不会鲁莽地用刀砍骨肉，而是找到骨节空隙处下手，以最轻巧的姿态来做最艰苦的工作。这个故事给出的道理在于告诉人们，任何事情都是有规律可循的，任何东西只要把握了基本规律，那么就可以找到最佳的行事准则和处事脉络，也才能够做到从容不迫，得心应手。

南 橘 北 枳

春秋时期著名的政治家晏子，是一个才识过人、口才无双的辩士，因为善辩而经常被任命出使他国。在他第一次代表齐国出使楚国的时候，楚王对这个身材矮小、其貌不扬的辩士不屑一顾，他对左右的谋士说道："都说这个矮个子是齐国有名的辩士，什么话在他嘴里说出来都威力惊人，我倒是不相信，今天他来到了楚国，我就准备当众羞辱他一番，也好挫挫齐王的锐气。不知道诸位有什么好办法？"大臣们抓耳挠腮，终于想出了一个办法。

当晏子到达楚国王宫后，楚王设宴进行款待，正当大家在宴席上喝得尽兴时，差役们押着一个披头散发的人闯入宴会，楚王故意严肃地问："这人究竟犯了什么罪，你们要将他绑成这个样子？"差役事先就得到了命令，于是故意大声回复："这个人来自齐国，最近到楚国来偷东西，刚好被我们抓住，就押解到大王这里来了。"楚王故意把头偏向晏子这边，然后很不客气地说道："难道你们齐国的人都喜欢当小偷吗？"

对于眼前发生的一切，晏子早知道这是楚王故意设的局，差役不过是陪着演戏而已，于是他非常从容地站起来说："我听说橘树生长在淮河以南的南方地区，就会生出甘甜怡人的橘子，如果有人将其移栽到淮河以北的北方地区，那么橘树上结出来的果实就变成又苦又酸的枳。你看看，同样都是橘树，到了不同的地方，结出来的果实味道大不相同，这到底是为什么呢？其实就是因为水土不相同。眼下被绑在大王殿上的这个人在齐国时一直奉公守法，从来不曾进行偷盗，可是到了你们楚国，开始变得手脚不干净，竟然学会了偷盗的本事，难道是因为楚国的水土很容易培养小偷？"

原本还得意扬扬的楚王,被晏子的一番话说得哑口无言,为了避免继续被这个尴尬的话题牵着走,他只能赔着笑惨淡收场。

寓言出处

这则寓言出自战国时期晏婴的《晏子春秋·内篇杂下》。

寓意感悟

这则寓言揭示了一个道理,同样一个东西在不同环境下会表现出不同的功效和影响,所以当人们在指责某人或者某物无法达到预期目标时,或许更应该考虑的是这个人或者物是否适应当前的环境。一个聪明的人应该懂得因地制宜,寻找一个最适宜的环境来发展自身的长处。

鲁侯养鸟

很早以前,有一只海鸟栖息在鲁国都城的郊外,鲁侯此前从来没有见过海鸟,觉得非常新奇,于是认定这是一只来自天外的神鸟,如果被自己养在宫中岂不是美事一桩?被占有欲冲昏头脑的鲁侯立即下令让人抓住了这只海鸟,还直接设宴将其恭恭敬敬地请到祖庙里供养。

为了让海鸟吃得好、睡得好,鲁侯按照宫中最高的侍奉标准来养鸟。鲁侯非常喜欢听《九韶》这样动听的音乐,于是就命人每天演奏这首曲子给海鸟听。平时祖庙里有什么祭祀活动,就会安排牛羊猪的"太牢",鲁侯觉得海鸟也应该配上这样的美食,毕竟这样才能体现出海鸟地位的尊贵。

鲁侯的出发点是好的,但问题在于海鸟不是人,也不是鲁侯本人,它根本无福消受音乐和那么多味道鲜美的肉,每天演奏的音乐让海鸟变得惶恐不安、头晕目眩,再也打不起精神。而大量喂食油腻的肉类,又让海鸟吃坏了肚子,以至于见到肉不敢吃,见到水不敢喝了。在这种高规格的招待下,海鸟很快就吃不消了,在祖庙里折腾了三天之后不幸去世。

很显然,鲁侯不是一个合格的养鸟人。他非常喜欢海鸟,但是不注意使用科学合理的喂养手段,在整个喂养过程中,他一直按照自己的享乐方式来养鸟,仅凭个人的生活喜好来同等对待海鸟,却忽略了海鸟的本质是一只鸟,而不是一个人。用养人的方式养鸟,显然违背了养鸟的规律,他也因此成了好心办坏事的典范。

寓言出处

这则寓言出自战国时期庄周的《庄子·至乐》。

寓意感悟

鲁侯用养人的方式来养鸟，从表面上来看，鲁侯用情至深，可以说给了海鸟最高的优待，但就喂鸟本身来说，鲁侯犯了一个基本的错误，因为鸟的生活方式与饮食方式显然与人不同，将人的生活标准生搬硬套在鸟身上，无疑会破坏鸟的正常生活方式。由此可知，做人应该懂得认清生活中的规律，要具体问题具体分析，不要将自己的喜好以及方法强加到其他人身上，因为每一个受众对象本质上都是不同的。

郑人惜鱼

有个郑国人非常喜欢鱼，为了得到鱼，他做了很多捕鱼工具，在江边挖了水坑将鱼引到水坑里，使用上好的诱饵将鱼诱到竹笼中。通过各种方法，郑国人如愿抓到了几条鱼，为了给鱼更好的生存环境，他直接找来三个精美的盒子，放入一点水养鱼。

可怜那些鱼刚刚脱离渔网的束缚，早就伤痕累累、疲惫不堪，本应该到深水中调养一下，却被人关在小小的盒子里，只能一直挣扎着浮到水面上呼吸。到了第二天，鱼开始摆动尾巴，看起来无精打采。郑国人看了非常心疼，忍不住问道："鳞片没有受伤吧？"

为了让鱼尽快恢复过来，他直接往盒子里撒了一把谷末和麦麸，还自言自语地说："肚子应该不会饿了吧？"这个时候，有人见他用这些方式养鱼，直接讥讽道："真正可以让鱼活命的地方在江河里，像这样待在一勺水中，每天像玩物一样被玩弄，你还说'我爱鱼'，像这样鱼不腐烂才怪！"郑国人觉得对方多管闲事，没有听进去，结果三天之后，他的鱼全部因为鳞片脱落而死，此时郑国人后悔不已。

寓言出处

这则寓言出自明朝宋濂的《燕书》。

寓意感悟

　　任何事情都会按照既定的规律发展下去，任何事情都有其存在的道理，做事情不能仅仅凭借自己的主观欲望和个人喜好，而要尊重客观事实，要尊重事物的发展规律，否则好心只会办坏事。

杞 人 忧 天

杞国有个人没事就喜欢胡思乱想，担心会出现一些不好的事情。有一次他走在马路上，突然产生了不好的想法："不知道天会不会塌下来，要是塌下来了，我该怎么办，要不要找个地方躲起来？万一地也塌陷了，那我和大家又应该怎么办，似乎没有什么地方可去了？"想到这儿，他久久不能释怀，一连几天都吃不好饭，睡不好觉。

有个朋友非常担心这个杞国人，看到他闷闷不乐，自己心里也很难受，于是开始积极开导他。在得知杞国人所担忧的事情之后，朋友耐心地解释说："你看，我们头上的天不过是一些积聚在一起的气体罢了，而这个世界到处都有气体，你现在的一举一动，你现在的每一次呼吸吐纳，都是在空气里进行的，在这样一种状态下，你还用担心天会塌下来吗？"

杞国人仍旧不放心："既然你说天是气体，难道气体中的日、月、星辰不会掉下来吗？"

朋友继续开导："不要担心了，日、月、星辰不过是空气中发光的东西，那些光即使掉下来，恐怕也不会对你造成什么伤害。"

杞国人说道："好吧，即便天真的不会塌下来，但是大地万一陷下去，又该怎么办？"

朋友解释说："我们脚下踩着的大地不过是堆积在一起的土块罢了，现在这些土块早就填满了四处，你脚下所站的任何一个地方都是土块堆积而成的。你平时走路、跳跃、散步、奔跑，不都是在地上进行的吗？既然整个大地都被土块堆积严实了，你何必还要担心大地会突然塌陷呢？"

经过一番耐心而细致的解释，这个杞国人最终放下心来，不再为天塌地陷而苦恼，而开导他的朋友也非常高兴。

寓言出处

这则寓言出自战国时期列御寇的《列子·天瑞篇》。

寓意感悟

从现代科学的角度来说，负责开导杞国人的朋友，所给出的解释内容虽然并不科学，但这是因为古代人对于天体的认知非常有限。就这则寓言本身所包含的意思以及所要传达的价值观来看，意在告诫人们要保持豁达的心态，从事实和规律出发，不要忧虑那些不切实际的事物，不要被一些不符合现实的东西束缚住大脑，应该保持健康的、积极向上的心态，努力活在当下。

画鬼最易

春秋战国时期,齐王邀请一位知名画家为自己作画,看到对方在绘画方面的造诣如此之高,齐王产生了兴趣,就忍不住问道:"画师,你说画什么东西最难?"

画师坦诚地说道:"画狗和马是最难的。"

齐王接着又问:"那么,你认为画什么东西最容易呢?"

画师回答说:"画鬼怪最容易。"

齐王有些疑惑,狗和马都是生活中很常见的东西,只要细心观察,似乎并不难画出来;而鬼怪似乎是无形的,它们只是人们口头描述的一些东西,并没有人真正可以说明鬼怪是什么样子的,为什么狗和马反而难画呢?

画师解释说:"正是因为狗和马是生活中常见的动物,人们对它们的观察非常细致,画画时仅仅追求形似是远远不够的,任何一点不妥的地方都会被人指正出来,因此并不好画。但是鬼怪不同,由于没有人见过其具体的模样,它们不会出现在人们面前,人们随便画一画,也不会有人说画得不像。"

寓言出处

这则寓言出自战国时期韩非的《韩非子·外储说左上》。

寓意感悟

对于多数人来说,胡编乱造根本不用费什么力气,但是想要真正认识客观事物,然后充分而彻底地将其表现出来,就是一件非常困难的事情了。

鲁 人 徙 越

鲁国有个人非常善于织麻鞋,他的妻子则善于织白绢(做帽子),两个人觉得鲁国的同行太多,竞争太激烈,生意越来越不好做,于是想着一起迁徙到越国,寻找更好的生存机会。有人听了他们的想法,立即提出反对意见,还很不客气地说:"你一定会穷的。"鲁国人非常不解,于是就问对方"为什么要这样说"。

反对者就将越国的实际情况给他一一分析一遍:"你也知道,草鞋是用来穿的,可是越国人都喜欢赤脚走路,根本用不着穿鞋子,你去了把鞋子卖给谁?帽子是用来戴的,而越国人习惯了披头散发,根本不喜欢戴帽子,你们做出来的帽子会有谁肯戴?我知道你们夫妻两个人的手艺非常高明,但问题在于,这些手艺在一个用不着它们的国家必定无法发挥出自身的价值,你们这样怎么会不贫穷呢?"

鲁国人没有将对方的话听进去,觉得对方只是危言耸听罢了,坚持带着妻子前往越国做生意。结果在越国住了三个月之后,他意识到越国人真的不喜欢穿鞋子,不习惯戴帽子,他和妻子做出来的东西根本没有人买,最终因为生活困难而悲伤地返回了鲁国。

寓言出处

这则寓言出自战国时期韩非的《韩非子·说林上》。

寓意感悟

　　做任何事情都必须考虑客观的要求，必须从实际需求出发，如果一个人只凭主观臆断去做事，结果很容易因为不符合客观需求而遭受失败。

齐人好猎

齐国有个人非常喜欢打猎,可是每一次出去捕猎,都是空手而回,这让他感到非常沮丧。想到家里的妻子和孩子每一次都殷切地盼望着自己可以带回来一些猎物,但奈何每一次都两手空空,他的心里很不是滋味,觉得愧对家人。不仅如此,很多朋友也非常关心他的狩猎情况,经常提出一些中肯的意见,但自己每一次都一无所获,致使他见到朋友时都觉得很不好意思。

齐人总是在想,其他猎人经常会带回家一些猎物,而自己为什么就没有呢,肯定是哪个环节出了问题。于是他开始仔细回想,最终发现了一个重大的问题,那就是家里的猎狗太差了,平时很少会发现猎物,也难以找寻到猎物的踪迹,捕食和搏斗的能力更是让人难以满意。所以他觉得眼下最重要的就是买一条好狗,可家里的经济条件显然不允许,因此他想到必须先让自己富裕起来。而想要致富,最直接的方法就是努力种田,通过提升家里的收成来变富。

经过几年时间的努力,努力奋斗的齐人通过种田积累了一笔丰厚的财富,此时他花重金买来了一条好的猎犬,结果战斗力惊人的猎犬每次狩猎都会捕捉到不少猎物,故而齐人的收获比其他猎人的更多。

寓言出处

这则寓言出自战国时期吕不韦的《吕氏春秋·贵当》。

寓意感悟

任何事情都不会孤立存在,因此做事情时,不要一味蛮干,要挖掘并考虑事物之间存在的相互联系,找出关键点,之后使用合理的方式进行突破,只要关键问题解决了,那么事情很快就可以得到解决。

以屠知女

春秋战国时期，齐王为自家的女儿公开招选夫君，并且看上了一个宰牛的屠夫，大家都纷纷为此感到惊讶，毕竟堂堂的公主至少也应该嫁入王孙贵胄之家，怎么会看上一个杀牛的人。同时大家又都羡慕这个杀牛的屠夫，认为他的运气实在太好了。可令人没有想到的是，屠夫竟然以自己生病为由拒绝了这门亲事。

朋友们非常不解，纷纷劝说屠夫接纳这一次的提亲："你难道甘愿一辈子都待在这个腥臭难闻的肉铺里？为什么要拒绝这样好的一桩亲事呢？"屠夫没有说太多的话，而是讲了一句："齐王的女儿很丑。"

大家听了很疑惑，不知道屠夫为什么会这样说，难不成他已经见过齐王的女儿了？屠夫解释说："我一个卖肉的人只知道这样一个道理，你看我每一次卖肉质很好的牛肉时，只要给足分量，顾客们就会心满意足地离开，这时候大家所担心的是自己买不到肉。可是当肉质不好的时候，我即便承诺多给顾客一些肉，也还是会担心肉卖不出去，因为顾客可能会嫌弃肉不够好。你看，齐王如今给了这么丰厚的嫁妆，这样的心态不正和我卖肉质不好的牛肉是一样吗？我敢肯定他的女儿长得很丑。"

后来，他的朋友偶然间见到了齐王的女儿，发现对方果然长得很丑，纷纷佩服屠夫的分析能力。

寓言出处

这则寓言出自汉代韩婴的《韩诗外传》。

寓意感悟

想要了解一件事物,有时候并不需要亲眼见到,只要通过逻辑上的推理和运用类推方式进行分析,就可以推测出该事物的一些性质和面貌。

王戎识李

晋朝的王戎是"竹林七贤"之一，从小就聪慧过人，有着同龄人不可比拟的观察能力和分析能力。在他七岁的时候，有一次和朋友们在路边一起玩耍，结果大家看见路边有一株结满李子的李子树，整棵树的枝条几乎都被压弯了。

眼见树上有那么多李子，孩子们不再玩耍，纷纷爬到树上摘李子吃，只有王戎一个人站在原地，并没有跑过去。这个时候，有个路人见到王戎对李子无动于衷，就非常好奇地问："你为什么不像他们一样跑过去摘李子吃？难不成你不会爬树？"

王戎摇了摇头，指着树上的李子说道："你看，这棵树长在路旁，肯定很容易引起路人的关注，如今李子成熟了，树上却还挂着那么多的李子，足以证明这李子一定是苦的。"路人将信将疑地爬到树上摘下一个李子品尝，果然发现李子苦得难以下咽。

寓言出处

这则寓言出自南朝刘义庆的《世说新语·雅量》。

寓意感悟

遇事要沉着冷静，仔细观察周围发生的一切，认真思考事情发生的因由，同时还要通过相关的现象进行仔细的推理和分析，找到其中的规律，而不是盲目听从和跟随别人。

宋人酤酒

有一个卖酒的宋国人，多年来一直兢兢业业地卖酒，他卖酒时总是非常公平，不会有缺斤少两的情况出现，他的服务态度也非常好，对待每一个买酒的顾客都非常热情和恭敬。更重要的是，宋国人所酿制的酒很好喝，酒香诱人。

宋国人还将旗帜高高地挂在显眼的地方，可是顾客就是不光顾酒肆，上好的佳酿只能在酒缸里发酸。宋国人感到非常奇怪，明明自己做得非常到位了，可是大家为什么都不愿意来自己这儿买酒。

有一天，他将自己的苦恼和疑惑告诉了邻居长者杨倩，杨倩说："你家的狗很凶猛吧？"宋国人点点头，但他还是不清楚对方为什么要说狗，于是忍不住问道："我家的狗的确非常凶猛，这和酒卖不出去有什么关系呢？"杨倩笑着说："你想想看，当酒肆里养着这样一条凶猛的狗时，人们就会感到害怕。要知道有很多人都是让家里的小孩去买酒的，狗见到孩子就要扑上去咬人，渐渐地孩子就害怕再来买酒了，这就是你的酒放在家里发酸也卖不出去的原因。"

寓言出处

这则寓言出自战国时期韩非的《韩非子·外储说右上》。

寓意感悟

任何一件事情的结果都是有因可循的,它并不会无缘无故出现,当某一事情的结果不尽如人意时,就要想办法找到那些影响它的关键因素,只要找到这个关键因素,那么所有的问题都会迎刃而解。

杀驼破瓮

从前有一个人养了一只骆驼。有一次,骆驼跑到家里,从一口瓮中找到了很多粮食,贪吃的骆驼直接将脑袋伸进瓮里,结果进去容易出来难,骆驼的头直接卡在瓮里拔不出来了。主人看了非常忧心,不仅担心骆驼的脑袋,也担心自己再也无法食用瓮里的粮食,可是他想了很多办法也无法将骆驼的脑袋取出来。

这时一位老人来到那人的面前,然后笑着说:"你用不着发愁,我可以教给你一个让骆驼出来的方法,只要你拿刀将骆驼的脑袋砍掉,那么骆驼不就可以脱离瓮了吗?"这个人没有多想就采纳了老人的意见,到厨房里取出一把刀,然后一狠心就把骆驼头斩断了。

可是杀死骆驼之后,他才意识到骆驼虽然离开了瓮,但是骆驼的脑袋仍旧堵在瓮里,自己想要取出里面的粮食,还是不得不打破瓮。而这个时候,他不仅杀死了骆驼,而且瓮仍旧没有保住,可以说损失惨重。如果从一开始,他就选择打破瓮,那么骆驼就不用死了。他的愚蠢行为自然遭到了别人的耻笑。

这则寓言出自《百句譬喻经》。

寓意感悟

做人虽然要懂得集思广益，多听取他人的建议和意见，但是也要注意对他人的意见和建议进行分析，对于那些明显不合理的糟糕主意，还是应该保持最基本的判断力，尽量不要受到坏主意的影响。

按 图 索 骥

春秋时候,秦国有个叫孙阳的人,非常擅长相马,无论是什么样的马,只要看上一眼,就可以立即分辨出优劣。正因为如此,经常有人邀请他去识马、选马,大家还将他称作"伯乐"(本是管理天马的神仙,后来指代能够识别千里马的人)。为了让更多的人学会相马,也为了不让更多的千里马被埋没掉,他将自己多年来的相马经验和知识写成了一本书,配上图片和相马的方法,取名《相马经》。

孙阳的儿子,从小就熟读《相马经》,他觉得自己已经和父亲一样,也能够相马、选马了。有一次,他出门遇到了一只癞蛤蟆,癞蛤蟆的额头高高隆起,眼睛瞪得又大又亮,这与《相马经》中所说的"高大的额头、铜钱般大而圆的眼睛"极其相似,除了没有"蹄子圆大而端正"这个特征,其他的基本吻合,所以他非常高兴地将癞蛤蟆带回家,然后对着孙阳说道:"父亲,我找到了一匹千里马,只不过蹄子稍微差了一点。"孙阳接过癞蛤蟆,哭笑不得,于是很风趣地对儿子说道:"很不错,只可惜这马太喜欢跳了,不能骑啊!"

这则寓言出自东汉班固的《汉书·梅福传》。

古代篇 | 033

寓意感悟

做事情不能生搬硬套已经存在的那些标准，不能盲目地将自己所学知识照搬用于实践，而要依据现实情况进行灵活运用，要与实际情况结合起来，这样才能有效提升办事的效率，并且达到预期的效果。

引婴投江

有人在江边走时,正好看见一个人准备将一个孩子投到江里去,孩子放声大哭。路人见了,就连忙质问这个人:"好端端的,你为什么要将孩子丢到江里面去?"

这个人非常淡定地说:"这孩子的父亲是一个游泳高手。"按照他的说法,既然孩子的父亲非常善于游泳,孩子也必定非常善于游泳,如果将孩子扔到水里,孩子也不会淹死,而是很快会游到岸边来。

路人听了都惊讶得说不出话来,觉得这个人的思维方式以及处事方式实在太不合逻辑,明显违反常理。

寓言出处

这则寓言出自战国时期吕不韦的《吕氏春秋》。

寓意感悟

遇事要具体问题具体分析,只有了解掌握实际情况,才能够有针对性地提出行事方案,不能在明显缺乏客观证据的情况下,按照自己的主观理解去做事,这样只会弄巧成拙。

五十步笑百步

战国中期，有个国君叫梁惠王，他是一个非常好战的人，为了实现扩大疆域、聚敛财富的目的，他不断驱使百姓上战场为他卖命打仗，引起很多人的不满，而且国内人口也不断减少。梁惠王感到很苦恼，他自认为对百姓还不错，比如河内收成不好的时候，他就直接将河内的灾民移到河东去，还特意命人将河东的粮食调到河内来。而等到河东出现粮食歉收的荒年时，他又反过来将河东灾民迁往河内，将河内粮食送入河东灾区。有一天，他非常疑惑地对孟子说："其他君王似乎没有我这样爱民，可是为什么邻国的人口并没有减少和逃跑，而我国的人口一直无法增加？"

孟子针对梁惠王的问题打了一个比方："当两支军队交锋时，各自击鼓冲锋，双方在战场上奋勇拼刺，势头更盛的一方会乘胜追击，奋勇追杀，而势头明显处于下方的一方必定存在大量丢盔弃甲的士兵。而在这些士兵中，有的人跑得快，一口气跑了50步才停下来，可有的人逃了100步才停止。这个时候那些逃跑50步的人开始指着逃了100步的士兵笑道：'你们这些胆小鬼，竟然跑了100步。'那么您认为这种嘲笑合理吗？"

梁惠王听了摇摇头，好战的他不能容忍战场上出现逃兵，在他看来，战场上不存在逃50步和逃100步的区别，所以语气坚定地回答说："肯定不合理，那些跑了50步的人虽然没有跑100步，但也是临阵脱逃。"

孟子笑着说："既然大王明白了这个道理，那么就肯定不会再说自己国家的百姓没有邻国的多了。"梁惠王恍然大悟，邻国国君不会在灾荒到来时帮助百姓渡过灾难，显然不是一个合格的君主，但是自己常年穷兵黩武，逼着百姓去打仗，同样是不爱民的表现，虽然自己的表现稍好一点，也并没有资格去嘲笑和评判邻国的君王。

寓言出处

这则寓言出自战国时期孟轲的《孟子·梁惠王上》。

寓意感悟

当人们犯了和别人差不多的错误时，要看问题的本质，而不是看表象，没有必要因为自己犯错的程度轻一些而紧紧抓着别人的错误不放，要认真检讨一下自己，最好先进行自我批判，毕竟错误就是错误，程度轻一点的也是错误。

滥竽充数

战国时期的齐宣王是一位音乐发烧友，平时最喜欢听乐师吹竽，他是一个非常喜欢讲排场的国君，为此特意养了300多位乐师，平时有事没事就让300多位乐师聚在一起吹竽。他就喜欢大家一起热闹，并且每一次都会重赏乐师。

南郭先生得知齐宣王喜欢听乐师一起吹竽，就想着混入乐师队伍中，毕竟齐宣王不会对乐师一一进行考核、验证，只要自己想方设法混进乐师合奏的队伍中，就可以获得不菲的奖赏。胆大的南郭先生直接跑去觐见齐宣王，当面吹嘘道："大王，我也是一个出色的乐师，那些听过我吹竽的人没有一个不被感动的。我只要一吹竽，鸟兽听了就会自动翩翩起舞，花草也会和着节拍摆动起来，听闻大王喜欢听人吹竽，我愿把我的绝技献给大王。"

齐宣王也不加仔细验证，高高兴兴地将南郭先生纳入自己300多人的乐师队伍中，在那之后，南郭先生开始享受和其他乐师一样的优渥待遇。每一次表演的时候，他摆好吹竽的姿势，别人摇头，他也跟着摇头，别人晃动身体，他也故意跟着晃动身体，齐宣王根本没有发现任何异常。就这样，南郭先生在合奏队伍里成功伪装了许多年，直到齐宣王去世。

新继位的齐愍王同样喜欢听乐师吹竽，但他更喜欢一个个乐师当面进行独奏，还特意下旨要求300多位乐师一个个轮流为他演奏。南郭先生本来就不会吹竽，担心自己露馅儿后会被追责，急得连饭也吃不下，觉也睡不安稳，为避免夜长梦多，只好连夜收拾行李狼狈地逃出宫去。

寓言出处

这则寓言出自战国时期韩非的《韩非子·内储说上》。

寓意感悟

一个人如果想要真的有所建树，那么就必须拥有真才实学，不能不懂装懂，试图以次充好、蒙混过关，因为伪装和冒充迟早会被他人戳破。

东 施 效 颦

　　西施是春秋时期越国的一位大美女,也是中国古代"四大美女"之一。据说西施患有心绞痛的疾病,发作时经常会捂住胸口,然后愁眉紧锁,让人看了顿生怜爱之心。很多人见到西施皱着眉头在村里走动时的姿态,都觉得非常美,忍不住在背后称赞。村里有一位东施姑娘长得很丑,她非常希望自己也能够拥有西施的美貌,当她看见捂着胸口的西施后更是羡慕不已,于是就想着如果自己这样做,也一定会变得很美,说不定还会赢得村里其他人的称赞。

　　在那之后,东施开始有意模仿西施捂着胸口的动作,甚至连西施走路的动作和皱眉头的表情也一并效仿,结果村民们见到东施后,对东施的模仿行为感到厌恶,并没有表现出欢迎的姿态。那些有钱人害怕见到东施,一个个关起大门,躲在家里不出去;穷人们见了,也带着妻儿远远躲开。东施不明白为什么同样是皱着眉头,西施会受到欢迎,而自己却被人嫌弃。很显然,她只知道西施皱眉头很美,却没有想过西施皱眉头为什么会美。其实西施皱眉头好看,是因为她本身就拥有出众的美貌,而东施并不具备这样的先天条件。

寓言出处

　　这则寓言出自战国时期庄周的《庄子·天运》。

寓意感悟

这个故事告诫人们在见到那些好东西时,不要一味模仿,要弄清楚那些东西究竟好在哪里,是不是适合自己。换句话说,人们更应该找准自己的定位,挖掘自己的优势,而不是贸然模仿和抄袭别人。

楚王好细腰

楚灵王是春秋中期楚国的一位国君,为人穷奢极欲,喜欢建造华美的宫殿,惹得民怨沸腾。不仅如此,他还有一个特殊的嗜好,那就是喜欢那些腰肢纤细的男人。通常情况下,女性以腰肢纤细为美,而男人是力量的象征,按道理来说应该以身材健壮魁梧为荣,很显然,楚灵王的爱好匪夷所思。

大臣们知道楚灵王的昏庸,只好无奈地配合他的审美需求,为了打造让楚灵王合意的细腰,他们只好刻意控制饮食,每天只吃一顿饭,争取让自己尽快瘦下来。不仅如此,大臣们还一个个使用束带来约束自己的腰身,起床后先进行深呼吸,然后把腰勒得很紧。由于长时间吃不饱饭,以及束腰的习惯,他们在席子上想要站起来都非常困难,每次都需要用力借助墙壁才能勉强站起来。到了第二年,朝中的大臣明显出现了营养不良和体力不支的情况,大家的脸上都失去了往日容光焕发的神采,泛着黑色和黄色,让人不忍直视。

寓言出处

这则寓言出自战国时期墨翟的《墨子·兼爱中》。

寓意感悟

这个故事反映出了社会上一个比较常见的现象,那就是一些身处高位的管理者,不能够明确自己应该做什么,不应该做什么,最终往往会因为自己的错误理念和行为，引发下属的效仿，导致整个团队失去活力，失去正确的前进方向。所以对于引导者、管理者以及教育者而言，平时一定要以身作则，树立正确的价值观和人生观，给其他人做出正确的引导。

齐桓公好服紫

"春秋五霸"之一的齐桓公是一位雄才伟略的国君，在治理国家和任用人才方面有着很突出的表现。他有一个生活习惯就是喜欢穿紫色的衣服，无论是衣服还是裤子，或者束带，他都喜欢选择紫色的。正因为这种嗜好，使得整个都城的人都开始效仿他的习惯而穿上紫色的衣服。由于紫色衣服和布匹越来越受欢迎，导致价格不断上涨，在市面上，几匹没染色的布都无法换到一匹紫色的布。

齐桓公意识到物价出现了混乱，对此感到十分忧虑，于是对丞相管仲说："我喜欢穿紫色的衣服，使得紫色的布料变得很贵，如今大家都在纷纷仿效我穿紫色的衣服，这样的风气越来越盛，我不知道该怎么办了。"

管仲笑着给出了一个建议："您想制止这种情况并不难，为什么不试一下不穿紫衣服呢？您完全可以对身边的侍从说：'我非常厌恶紫色衣服的气味。'而当朝中的大臣穿着紫色衣服进见时，您就说：'请稍微退后一点，我无法忍受紫色衣服的气味。'"齐桓公听了觉得很有道理，于是同意了这个建议并且立即照办。

结果，从这一天之后，齐桓公身边的侍卫全部更换了紫色的衣服。第二天，朝中大臣和国都中也没有人再穿紫色衣服了。几天之后，整个齐国国境之内，也没有人穿紫色衣服了，紫色的布匹价格开始回归正常。

寓言出处

这则寓言出自战国时期韩非的《韩非子》。

寓意感悟

作为管理者、领导者或者公众人物,一定要注意自己的一言一行,充分考虑到自己的言行会对其他人以及社会造成的影响,尽可能树立一个正面的、积极的形象,并且时刻关注自身对周边人群的不良影响,以便能够及时进行修正。

攘 鸡

有一个惯偷盯上了邻居家里的鸡，于是每天都跑到邻家鸡舍里偷一只鸡，并且乐此不疲。有个朋友知道了他的不道德行为，于是就非常严肃地进行批评："偷鸡可不是那些品德高尚的人会做的事情，你应该尽快改掉这个不良的行为。"惯偷听了有点理亏，他也意识到这是不道德且违法的行为，可是由于长久以来形成了恶习，一时之间难以改掉，他也曾有过戒掉这个不良习惯的想法，但是最终都不能付诸实际行动。

当听到朋友的批评后，他希望自己可以痛改前非，但是他认为自己无法很快戒掉偷盗习惯，于是就向朋友保证："你看我以前每天都偷一只鸡，现在请允许我每个月偷一只，那么到了明年，我就会彻底戒掉偷鸡的习惯。"朋友对于惯偷讨价还价的想法感到生气和无奈，在他看来，一个偷盗者既然已经意识到了偷盗是不道德的行为，为什么还不立即改正错误，而要继续拖延到明年呢？很显然，这个偷鸡的人并没有真心悔过的决心。

寓言出处

这则寓言出自战国时期孟轲的《孟子·滕文公下》。

寓意感悟

偷盗本身的不道德性已经决定了这是一种不可取的行为，它不会因为少偷一些就变成"好事"。对于偷盗者来说，每月偷一只鸡与每天偷一只鸡的性质是一样的，所以任何一个人都需要正确检讨自己的错误，并且及时且坚定地改掉这些错误，而不是通过讨价还价的方式借故拖延，继续维持错误的行为。

邯郸学步

战国时期，燕国寿陵有个少年偶然间在街上听人说起一件事，据说赵国邯郸人走路的姿势特别优美，简直就像是舞蹈一样，很多人都觉得观看邯郸人走路是一种非常美好的享受。少年听得如痴如醉，他心里想着要是自己也能够像邯郸人一样走路，那么肯定会引起路人的赞叹和关注，自己也会成为街道上最亮丽的一道风景线。

燕国距离赵国的邯郸有一段距离，少年却并不退缩，不顾路途遥远，直接赶往邯郸。来到邯郸之后，他发现邯郸人的走路姿势的确非常优美，很快就对这些走路姿势产生了浓厚的兴趣，平时也跟着邯郸人走路。但是对于人们来说，走路姿势几乎是从小养成的生活习惯，并不是轻易可以改变的。燕国少年强制调整自己的走路姿势，可是最终并没有学会邯郸人的走路姿势，反而将自己搞混了，竟然忘记了自己原来的走路姿势，结果他突然就变得不会走路了，只能无奈地爬回燕国。

寓言出处

这则寓言出自战国时期庄周的《庄子·秋水》。

寓意感悟

人们需要给自己进行一个清晰的定位，了解自己真正需要什么，不要生搬硬套他人的东西，以免自己什么也学不会，甚至将自己最擅长的东西给丢弃掉。生活常常就是如此，人们要懂得走好自己的路，别人的路走得再好，也不能盲目效仿。

螳 臂 当 车

齐国国王庄公带领部下出门打猎，马车还没有走动，庄公就发现有一只螳螂挡在车前，而且还特意举起前脚，准备和他的马车车轮子搏斗。庄公没有想到，这样小小的虫子也敢于挡在巨大的马车前面，心里非常佩服，于是就问车夫："你知道这是什么虫子吗？"

车夫对此非常了解，他直言相告："这是螳螂，作为一种常见的虫子，它有一个显著的特点，那就是平时遇到前面有什么东西拦着，往往只懂得前进，而不知道往后退。它们很少会估计敌我双方的实力，直接轻率地迎敌，并且从来不知道畏惧。"

车夫的描述充满了对螳螂的鄙夷，但是庄公似乎并不那么想，他感慨地说道："如果这种虫子是人的话，那么必定成为天下闻名的勇士啊。"为了表示自己的敬意，他命令车夫不要直接轧过去，而是调整马车头的方向绕开了它。

庄公为螳螂让路的事情很快传播开来，这个时候，天下的勇士都觉得庄公是一个懂得尊重勇士、爱惜人才的人，跟在他身边肯定会大有所为，因此纷纷投奔了他。

寓言出处

这则寓言出自战国时期庄周的《庄子·人间世》。

寓意感悟

"螳臂当车"在这里是褒义词,螳螂成了庄公眼里无所畏惧的勇士,但是从这个成语演化之后的含义来看,已经变成了一个贬义词,螳螂也成了高傲自满、不自量力的象征,螳螂被指代为一些由于缺乏自知之明而敢于挑战自己做不到的事情的人。螳臂当车体现的是一种缺乏清晰定位下的鲁莽挑战行动,挑战者由于缺乏自我认知,一味逞强,往往会遭遇严重的挫折。

运斤成风

惠子和庄子是非常要好的朋友，两个人也经常在一起进行辩论，有时候免不了争得面红耳赤，但是辩论一结束，两个人又和好如初，就像什么事情也没有发生过一样。惠子死后，庄子非常伤心，他亲自前往葬礼送了老朋友最后一程。

弟子们见到庄子如此伤心，都纷纷劝说他节哀，庄子认为大家可能并不能真正理解自己和惠子之间的这种感情，于是打了一个比方："楚国郢都有一个工匠在捣石灰时，不小心把一滴石灰泥溅到了鼻尖上，石灰泥就像苍蝇的翅膀一样贴在鼻子上。由于手上都是石灰，他自己无法擦干净，于是就让一旁干活的木匠帮忙，只见木匠直接拿着一把斧头挥舞起来，然后很随意地就随手朝着鼻尖砍了下去，结果那一滴石灰泥完全被削掉了，而工匠的鼻子丝毫无损。重要的是，捣石灰的工匠就那样站着，神色一点也没有发生变化。宋元君听说了这件事情，就命人找到了木匠，然后非常诚恳地要求对方给自己表演一次这样的绝活。木匠有些悲伤地说：'过去我的确可以这么削，但是现在不行了，因为那个站着一动不动让我用斧子劈去泥点的人已经死了。'我也是这样，如今惠子去世了，我找不到任何辩论的对手，也没有一个可以推心置腹的好朋友了。"

寓言出处

这则寓言出自战国时期庄周的《庄子·徐无鬼》。

寓意感悟

　　一个人最重要的对手往往也是自己的知音，因为只有这样的人才能真正理解自己的思想，才能促进自己能力和价值的提升，当这样的知音不存在了，自己的价值也就失去了。

蝉与鸲鹆

八哥是出生在南方的一种鸟，它非常聪明且善于模仿声音，很多南方人因此会用网捕捉八哥，然后教它说话，就像教鹦鹉说话一样。一般来说，只要花费时间教授，八哥就可以惟妙惟肖地模仿人说话。不过八哥的模仿能力有限，通常只会模仿几句话。

院子里的树上住着一只蝉，每天只会"知了，知了"叫个不停，八哥听了便嘲笑蝉只懂得重复一些单调的鸣叫，根本不会说话。蝉听了不甘示弱，于是就对八哥说："听说你能够说人话，很不错，但是你所说的这些话，没有一句是表达你内心真实想法的，而我所叫的都是在表达自己的心声。"

八哥听了蝉的话，非常羞愧地低下头，然后再也不模仿人类说话了。

寓言出处

这则寓言出自明朝庄元臣的《叔苴子》。

寓意感悟

这则寓言告诫人们不要一味模仿和听从别人，模仿他人的人只会渐渐迷失自己，盲从他人的人也会失去自己的定位。凡事要有自己的见解，要懂得倾听内心的声音，要积极主动地向他人表达自己的真实想法。

蛙 与 牛 斗

有一只非常自大的青蛙常在草丛中捕食和嬉戏。有一天,它远远就看见一头正在吃草的牛慢慢地靠近自己,它此前从来没有见过这样的庞然大物,心里自然非常嫉妒,为了显示自己能超过这头牛,青蛙故意往肚子里吸气,把肚子撑得鼓鼓的,然后对着自己的同伴说道:"看到了吗,我的肚子已经越来越大了,你觉得我看起来像牛吗?"

伙伴摇摇头,非常直白地告诉它说:"你的肚子鼓起来很大了,但是和这头牛相比还差得远呢!"青蛙听了非常生气,觉得自己被羞辱了,于是继续往肚子里吸气,这一次它的肚子变得更大了。它又信心满满地问同伴:"现在看起来怎么样了,是不是更大一些了?"同伴摇着头说:"和刚才差不多,你比那头牛差得太多了。"青蛙仍然不服气,硬着头皮继续往肚子里吸气。由于青蛙的肚子原本就不大,在吸入大量空气后,终于支撑不住而爆裂,善妒的青蛙也因此死掉了。

这个时候,吃草的牛经过青蛙的身边,轻轻一脚就将青蛙的尸体踩进松软的泥土之中,显而易见的是,青蛙和牛的差距实在太大了。

寓言出处

这则寓言出自明代文学家冯梦龙的《广笑府》。

寓意感悟

　　做人做事应该量力而行，要懂得了解自己的优点和缺点，了解自己能做到什么，不能做到什么，对于自己做不到的事情，不要为了满足虚荣心而盲目攀比，甚至鲁莽地进行挑战，这种冒险只会让自己吃更多的苦头。

北人食菱

有个北方人去南方做官,有一次,有人设宴款待他,并且还端来一盘菱角,菱角是南方的物产,北方人大多没有见过。这个北方人自然也没有见过,他更不知道该如何食用菱角,于是连壳一同放进嘴巴里吃。

这个时候,有人善意地提醒他:"吃菱角的时候,应该把外壳去掉吃里面的东西。"这个北方人为了掩饰自己的尴尬和无知,于是就非常淡定地说道:"哦,我知道这些,之所以连壳一起吃下去,就是因为苦涩的外壳具有清热解毒的功效。"这时候提醒者就追问道:"你们北方也有菱角吗?"

这个北方人想都没有想,就直接回应道:"这东西很常见,前面的山后面的山,到处都是,可以说没有哪一块地不种这个东西。"大家听了这话,心里暗暗发笑,嘴上却不言语,因为所有人都知道,菱角生长在南方的水里,怎么会长在地里呢。很显然,这个北方人为了显示自己很有学问,硬是将自己一无所知的东西说得头头是道。

寓言出处

这则寓言出自明代文学家江盈科的《雪涛小说》。

寓意感悟

任何人都不可能是十全十美的,由于生活环境的局限和知识量的不足,总有一些东西是自己不了解的,总有一些领域是自己不擅长的,因此做人要有自知之明,了解自己知识的界限在哪里,正视自身存在的一些局限性和缺点,如果不懂装懂,只会让自己成为大家的笑柄。

楚人学舟

楚国有一个人向一位驾船技术很好的人学习如何驾船,由于他耐心倾听师傅的教导,在学习的过程中表现得非常认真,无论是掉头,还是转弯;无论是快速前进,还是减速行驶,都严格按照师傅的教导,不敢有丝毫的马虎,因此学得很快。

后来,他驾着船在江中岛屿之间的小水域里练手,无论是前进、转弯还是停船靠岸,都做得非常出色。这个时候,楚国人就认为自己的驾船技术已经学到家了,觉得没有必要再继续学习,便直接与师傅道别。很快,他就驾着船开到江心,并且击鼓快速前行,可是由于江心水很深,波浪也大,船开始变得很不稳定,他开始慌张,并且忍不住四处张望,看看还有谁来救自己,却忘了自己该如何驾船了。

正因为害怕,才将船桨不慎落入水中,船就此失去了控制,随时都有沉没的危险。这个时候,楚国人才意识到平时练习与实际操作根本不是一回事,自己之前那么顺利完全有运气的成分,现在自己驾船技术的不足彻底表现出来,而之前那种侥幸心理最终将自己推入危险的境地。

这则寓言出自明朝刘元卿的《石谱记》。

寓意感悟

　　无论做什么事情，不能有了一点成就就浅尝辄止、骄傲自大，应该保持谦虚好学的姿态，努力提升自己、完善自己，这样才能够真正获得成功。对于那些不能脚踏实地、虚心进步的人，往往会遭遇最终的失败。

常 羊 学 射

　　常羊跟着射箭大师屠龙子朱学习射箭，屠龙子朱并没有着急教授他射箭，而是对他说道："你想知道射箭的道理吗？我可以先给你讲一个故事：话说楚王在江汉地区打猎时，下令让掌管山泽的官员将禽兽赶出来，然后方便自己射杀它们。当禽兽们一同跑出来时，楚王的左边出现了一头鹿，右边则跑出了一只麋鹿，楚王此时准备搭弓射箭，恰好有一只天鹅在狩猎队伍的旗帜上飞过，展开的翅膀就像垂下来的云彩那么大，楚王有些犹豫，不知道该把箭射向哪里。这个时候箭术高超的楚国大夫养由基向前说道：'我学习射箭的时候，通常会放一片叶子在一百步远的地方，射出十箭后基本上都会全部命中；如果放十片叶子在一百步远的地方，那么我就不能保证自己射中了。'"

　　常羊听出了故事中的意思，知道屠龙子朱是在要求自己保持专注，不要随意更改目标。

寓言出处

　　这则寓言出自明代政治家刘伯温的《郁离子·卷三》。

寓意感悟

　　常羊学射的寓言故事意在告诫人们要有一个明确的目标，在追求这个目标的过程中一定要保持专注，绝对不能三心二意，不能被一些外在的诱惑干扰前进方向，否则将会因为自己的贪婪而一无所获。

螳螂捕蝉

春秋时期,各国为了称霸九州,连年发动战争,弄得国家动荡、民不聊生。其中吴国国王就是一个野心勃勃的人,他向来好战,而且一向专横,根本听不进任何人的劝告。有一次,他打起了楚国的主意,就准备带兵攻打楚国,结果大臣们都纷纷站出来反对,认为吴国国力不算强盛,战争只会导致国力衰退,而且影响社会的稳定,当务之急应当养精蓄锐,发展国家经济。吴王早就对楚国虎视眈眈,私底下也制订了攻打楚国的计划,因此绝对不愿意轻易放弃这样的机会。当大臣们一个个站出来反对时,他火冒三丈,在朝堂上做出了警告:"任何人只要胆敢再次劝告我放弃出兵,我就直接将他处死。"

大臣们听了都很害怕,于是只能闭口不谈此事,但朝中有一个年轻人却对此忧心忡忡,他知道吴王此次贸然出征,必定给国家带来很大的灾难,不过由于自己人微言轻,贸然劝告只会引来杀身之祸,所以他不得不想其他办法。

为了接近吴王,年轻人每天都刻意去王宫的后花园里走动,而且拿着弹弓在树上瞄来瞄去。这样奇怪的举动很快就引起吴王的注意,吴王开始对这个每天拿着弹弓,衣服被露水湿透的年轻人产生兴趣。有一次,他终于忍不住问年轻人:"你每天都来这里做这些奇怪的事,究竟是为了什么?"年轻人回应道:"王宫后花园的大树上有一只蝉,它正在树上一边大声鸣叫,一边喝着露水,但没发现身后藏着一只螳螂,这只螳螂正高举着镰刀似的前肢准备捕杀蝉。而螳螂在捕猎的同时,同样没有注意到身后来了一只黄雀,黄雀正寻找合适的时机啄食螳螂。然而对于黄雀来说，它太过于专注捕捉螳螂了，完全没有注意到我在树下已经用弹弓瞄准它了，只要我一放手，弹丸就可以将黄雀击落。很显然，无论是蝉、螳螂，还是黄雀，都只关注眼前的利益，而没有注意到身后的危机和灾祸。"

吴王听了觉得年轻人的话意有所指，他想到了自己即将征伐楚国的事，背后忍不住冒出一丝冷汗，意识到自己虽然将楚国当成了攻击目标，却没有注意到身后的其他国家或许正虎视眈眈地瞄准自己。想到这儿，吴王立即召集群臣，当众宣布取消这一次冒险的军事行动。

寓言出处

这则寓言出自西汉刘向的《说苑·正谏》。

寓意感悟

任何时候都不要只顾及眼前利益，不要被眼前的小利益所迷惑，凡事都要看得更远一些，要看看行动背后所隐藏的各种危机。那些真正善于把握机会的人，往往具有远见，他们会从大局出发，对自己的行动进行深思熟虑，免除后顾之忧。

公 输 刻 凤

春秋时期的鲁国人公输班是当时非常有名气的工匠,有一次他在家雕刻一只凤凰,由于凤凰的冠和爪还没有雕成,翠绿的羽毛也没有刻好,那些看见凤凰身子的人,都忍不住说它像鹨鹀。还有一些人只看见凤凰的头,于是就认为公输班在雕刻一只鹈鹕。

由于雕刻还不完整,很多人就依据自己的猜测来耻笑凤凰的丑陋,并笑话公输班的手艺太笨拙了,他们觉得即便是一个普通的工匠,也要雕刻得比公输班好很多。可是等到公输班用一双巧手完成凤凰的雕刻工作时,大家都被这只凤凰惊呆了,只见凤凰身上翠绿的凤冠像云彩一样高耸,凤凰脚下朱红的爪子又像闪电一样闪动,锦绣一样的身子就像云霞一样熠熠发光,绸缎一样的羽毛更是像一团火那样燃烧着。

正当大家沉迷在凤凰的华美外表和逼真的形象中时,这只凤凰竟然"翱"的一声飞入高空,并且在那些高耸入云的楼房上翻滚飞翔,连续三天也不落下来休息。这个时候,人们才意识到这只凤凰的神奇,也才真正见识到公输班技艺的高超。

寓言出处

这则寓言出自北宋刘昼的《刘子·知人》。

寓意感悟

　　人们在做事情、想问题的时候，不能只看重过程而忽略结果，只看重局部而忽略了对全局的把握，一定要学会客观而全面地看待问题，而不要片面分析问题得出结论，以免自己的判断出现重大偏差。

井底之蛙

有一只青蛙长年居住在一口枯井里,但是它对自己生活的小天地非常知足和满意,并且经常四处吹嘘这里是世界上最舒服、最宽敞的居所。某一天,吃饱饭的青蛙正趴在井栏上悠闲地观光,远远就看见一只海鳖爬过来,青蛙又准备向对方吹嘘自己的美好生活,于是扯开嗓门儿大喊:"海鳖兄弟,请过来一下。"海鳖非常礼貌地做出回应,爬到了枯井边。

青蛙很高兴,如同往常那样向这个新朋友吹牛:"兄弟,今天我就让你见识一下我的住处,这里简直就是人间天堂,我敢说你从来没有见过这么宽敞舒适的住所。"海鳖非常好奇,也想见一见青蛙所说的地方究竟有多美,于是就探出脑袋往井里看。可是瞅了半天,它并没有发现枯井里有什么好的,除了一摊长了青苔的烂泥之外,黑魆魆的井里还散发着一股臭味,它立刻将脑袋缩了回来,露出一些疑惑和嫌弃的表情。

青蛙没有注意到海鳖的表情,挺起雪白的肚子,然后鼓起腮帮子继续吹嘘:"你也看到了吧,这里的环境可以说是无可挑剔的,一到傍晚我就跳到井栏上乘凉,深夜里又回到井壁的洞里睡觉。井底还有水,刚好浸到我的腋下,托住我的面颊,我平时完全可以优哉游哉地在水里畅游。井里还有烂泥,这可是好东西,要是累了困了,往烂泥堆里一躺,安心地让泥盖过我的脚背,淹没我的四肢,我还能够顺势打几个滚儿。你想啊,那些小虫子、螃蟹和蝌蚪什么的,哪能过上这样舒适的日子。喏,你可以看一看,这里还有那里都属于我一个人,我可以肆无忌惮地享用井里的一切,这难道不是人生最大的乐趣吗?海鳖兄弟,你难道不想进来体验一下吗?"

海鳖对枯井的第一印象非常不好，但是盛情难却，只好硬着头皮爬下去看看，可是正当它迈开左腿往枯井里爬的时候，右脚就被井栏给卡住了，海鳖努力了几次，仍旧无法成功，只能作罢。青蛙摇摇头替海鳖感到可惜，认为对方错过了最美的风景。

海鳖见此情景，于是就描述了自己所居住的生活环境："你见过大海吗？大海里水天茫茫，无边无际。它的辽阔不止千里，它的深度何止万丈。四千多年前，据说大禹做国君的时候，经常洪水肆虐，但大海的水位并没有增加。三千多年前，商汤统治期间，几乎年年干旱，但是大海里的水也不见减少。海的辽阔使得它超越了时间的界限和旱涝变化的影响。青蛙老弟，不瞒你说，我就生活在大海中，你不妨想象一下，大海比起你这口枯井以及枯井里的泥水坑，究竟哪一个更加辽阔呢？"

听到海鳖这样一番描述，青蛙彻底傻眼了，知道自己所吹嘘的枯井在大海面前的确不值得一提，于是一句话也说不出来。

寓言出处

这则寓言出自战国时期庄周的《庄子·秋水》。

寓意感悟

在这则寓言中，井底的青蛙认为井里的生活就是最舒适的生活，认为枯井就是最辽阔的世界，却从来没有想过要跳出枯井去更远的地方看看，以至于当海鳖向它展示了大海的辽阔、浩渺和深邃之后，变得哑口无言，因为这些完全超出了它的认知范畴。所以做人一定要尝试着突破环境的局限，突破视野的界限，去接触更多的东西，去见识更远的风景，以开拓自己的眼界，拓展自己对于生活的理解。

夜郎自大

汉朝的时候，西南方有个小国家叫夜郎，这个独立国国土面积很小，人口很少，物产也不富足，但问题在于周边的国家都没有夜郎大，所以夜郎就认为自己是世界上最大的国家。

夜郎国国王是一个非常自大的人，他经常在巡逻时询问部下哪个国家最大，部下为了讨好国王，纷纷迎合着说："夜郎国自然是最大的。"他又指着夜郎国的高山问世界上哪座山最高，大家也都纷纷强调："天底下没有一座山会比这里的山更高。"不久之后，国王又来到河边，故意提高嗓门儿说道："我认为这条河是世界上最长的河了。"部下纷纷点头同意。这一下，无知的国王更觉得夜郎国就是世界上最大的国家了。

有一次，汉朝派使者来到夜郎，途经滇国时，滇王故意问使者："汉朝和我的国家比起来哪个大？"使者听了觉得可笑，滇国不过是弹丸之地，根本没法和幅员辽阔的大汉相比。而当使者进入夜郎之后，发现夜郎国的人比滇国的人更加无知，骄傲自大的夜郎国国王根本不知道他的国家和汉朝的一个县差不多大，竟然还无知地问道："汉朝和我的国家相比，哪一个更大？"

寓言出处

这则寓言出自西汉司马迁的《史记·西南夷列传》。

寓意感悟

做人要拓宽视野，要知道人外有人、天外有天，凡事不能过度自信，更不能轻视他人，过度的骄傲往往只会显示自身的无知和肤浅。

蜈 蚣 自 大

有一天，蜈蚣与蚅（一种蛇）在田舍旁的空地上相遇了，蚅转头就跑，蜈蚣见状穷追不舍，还故意围着它打转，结果蚅因为慌张和害怕，很快就迷失了方向。它张大嘴巴做出防御的姿态，却不料凶猛且灵活的蜈蚣一下子就爬进了它的嘴巴，然后进入蚅的身体，吃掉了它的心脏和肠子，最后从尾巴里钻出来。整个过程，蚅都不知道自己是怎样死掉的。

杀死了蚅之后，蜈蚣开始变得目空一切，觉得自己是世界上最强大的生物。几天之后，蜈蚣在炉灶上见到了黏糊糊的"鼻涕虫"蜒蚰，于是又想要吃掉对方。这个时候，多足虫爬过来提醒蜈蚣："这个虫子虽然个头儿很小，但是有剧毒，你最好不要去招惹它。"蜈蚣有些生气地说："你不要再骗我了，我知道天底下最毒的莫过于蛇，而蚅与蛇一样毒，据说它咬一口树，树就死掉了，咬一口人与野兽，人与野兽也会死掉，这毒性就像烈火一样。但就是这样有毒的东西，也被我钻进喉咙，吃掉了心，咬碎了肠子，喝饱了血，吞食了肠子上的油脂，我三天后才醒来，也依然感到精神振奋。这样一只小小的鼻涕虫又有什么可值得害怕的！"

蜈蚣说完之后，就向鼻涕虫发起了进攻，结果鼻涕虫伸出触角分泌黏液，蜈蚣很快就被黏液粘住了手脚不能动弹，在挣扎中连头和脚也弄断了，最后只能躺在地上被一群蚂蚁吃掉。

寓言出处

这则寓言出自明朝刘伯温的《郁离子·即且》。

寓意感悟

　　万事万物都是相生相克的，一些自认为强大的人也会遇到压制自己的东西，因此做人要保持谦卑和低调的姿态，不能目中无人、目空一切，狂妄自负只会将自己推入险境。

鹏程万里

有一种鸟叫大鹏鸟，大鹏鸟的背部就像大山那么高，双翅展开，就像是遮天蔽日的云彩那样绚烂。有一天，大鹏鸟飞到了南海，它时而贴着海面扇动翅膀，扇动一下就飞出了三千里远。时而又奋力往上飞翔，翅膀直接卷起惊人的风暴，然后一下子就飞到九万里的高空。作为身形如此巨大的鸟，大鹏鸟非常向往更高更远的世界，通常每半年飞回一次南海，而且每一次都是背靠青天，而云层则被它踩在脚下。

尽管大鹏鸟渴望更为高远的广阔天地，但并不是所有的人都认同它的志向和做法。当大鹏鸟在高空中奋力飞翔的时候，正好被生活在低洼之地的麻雀看到，麻雀对于大鹏鸟的做法很不以为然，它无法理解为什么对方要飞那么高、那么远，究竟有什么意义呢？麻雀非常得意地说道："你看看我们，平时虽然也会往上飞，但也就飞几丈高，然后就落地了，没有谁想过飞出这片蓬蒿地，可以说我们在蓬蒿里飞来飞去就算是飞到边了，而且不觉得生活有什么欠缺，照样开开心心过日子，我实在想不明白大鹏鸟为什么还要飞得更高更远，它究竟想要飞到哪里去呢？"

寓言出处

这则寓言出自战国时期庄周的《庄子·逍遥游》。

寓意感悟

在这则寓言中，麻雀代表了生活中那些保守的、一心求稳、目光短浅的人，他们往往安于现状，不求上进。而大鹏鸟代表了勇于突破自我，追求更高、更快、更远的那些上进者，他们往往有着远大的志向和追求，不甘于被当下的生活束缚，不甘于被当前的视野束缚，正因为如此，他们往往可以飞得更高，走得更远。

楚人隐形

有个楚国人一直以来都过着贫困的生活,却非常喜欢阅读《淮南子》。某天,他偶然间看到书中写着这样一句话:"螳螂窥探蝉时,会故意用树叶来遮挡身体进行必要的掩护,这样就可以达到隐蔽自己的目的。"楚国人看了深受启发,意识到如果自己也摘取一片这样的树叶来遮挡自己,一定也可以实现隐身。

于是他就站在树底下仔细观察,终于看见一只正在捕捉知了的螳螂,此时,螳螂正好躲在一片树叶后面。楚国人兴奋地摘下了那片树叶,却不巧将树叶弄落在地上,与地面上掉落的树叶混在一起了,难以分清。心急的楚国人只好拿来扫帚,将地上的树叶扫了好几箩筐搬回家,一片一片地放在身前实验,然后问妻子:"你看不看得见我?"每一次,妻子都说"能看见"。楚国人只好不厌其烦地继续测试下去。

就这样过了一整天,妻子实在厌烦了丈夫的提问,于是在一次测试时,骗丈夫说:"看不见了。"楚国人听了非常高兴,于是跑到集市上去,他将这片树叶挡在身前,然后伸手就去抓别人摊位上的商品,最终被人当成小偷绑送到县衙里。

寓言出处

这则寓言出自三国时期魏国人邯郸淳的《笑林》。

寓意感悟

　　生活中有很多人和这个楚国人一样，遇到事情，不加仔细推敲和思考，盲目相信书本知识，凭借个人的主观想象解决问题，结果往往会把事情搞砸。

黔驴技穷

贵州一直以来都没有驴,有个喜欢驴的贵州人就从外地买了一头驴回来,然后在大山里放牧。由于驴是外来物种,不仅仅是当地人觉得新奇,很多动物也觉得非常奇怪。某一天,这个人将驴放养在山脚下吃草,结果被山上的一只老虎看到了。老虎突然见到毛驴这种奇怪的庞然大物,以为是怪物,不由得有些害怕,只能躲在树林里远远看着。看到毛驴没有什么反应,它也只是悄悄地靠近一些,却始终猜不透这是什么动物。

有一天,驴叫了一声,老虎被这种奇怪的声音吓坏了,远远就跑开了,它担心驴想要冲过来咬自己,所以一直都惴惴不安。为了弄清楚驴的底细,老虎开始在远处仔细观察,它发现驴除了长相有点奇怪之外,似乎并没有什么特别的能力,那叫声听习惯之后,也不算恐怖。老虎多次悄悄靠近对方,但始终没有勇气上前搏斗,为了弄清楚驴的能力,老虎壮着胆子走到驴的身边,然后通过触碰和倚靠来冒犯驴,结果生气的驴既没有露出尖牙,也没有展示出利爪,而是习惯性地扬起后腿用力踢。

眼见毛驴只有这样一种攻击手段进行回应,老虎心下大喜,终于意识到毛驴看着很大很怪,反击能力也仅此而已。它立即跳起来一口咬断了驴的喉咙,然后高高兴兴地享用驴肉,直到吃完之后才满足地离去。

可怜毛驴长着令人畏惧的庞大身躯,而且洪亮高亢的叫声听起来似乎很有能耐,虽然一时之间迷惑了多疑的老虎,可是它在老虎的不断试探下,渐渐原形毕露,最终落了一个被捕杀的悲惨下场。

寓言出处

这则寓言出自唐代散文家柳宗元的《三戒·黔之驴》。

寓意感悟

驴的悲惨遭遇在于它缺乏更多行之有效的生存技能，或者说没有掌握更好的生存技能，一旦全部的技能暴露出来，就轻易失去了生存的机会。因此，做人还是应该不断学习，掌握更多的技能，要懂得全方位武装自己，让自己变得更加强大。此外，驴也代表了很多貌似强大、实则弱小无能的人，只要了解他们的底牌，就可以将其轻易击垮。

鹬 蚌 相 争

战国时期,各诸侯国之间经常会发生战争,而连年的兵祸让百姓民不聊生,国家的发展也非常不稳定,因此很多人都不愿意出现战事。有一次,赵国准备攻打燕国,燕国实力相对弱一些,因此不希望与赵国发生冲突。为了避免两国交战,燕王委托苏代前往赵国游说。

苏代很快启程赶往赵国邯郸,并且入宫拜见赵惠文王。赵惠文王知道苏代和他的兄长苏秦一样,都是有名的说客,因此也猜到了对方此行的目的就是替燕国说情。赵惠文王心里有些不悦,毕竟对于燕国这块肥肉,他势在必得。

见面后,赵惠文王明知故问:"苏代,你这么有空,到我们赵国做什么来了?"

对于装傻充愣的赵惠文王,苏代也没有直接说明来意,而是非常客气地说:"尊敬的大王,我这一次来邯郸,只是为了给你讲一个故事。"

赵惠文王没有想到苏代会这样做出回答,同时也对苏代口中所说的故事产生了兴趣,毕竟没有人会大老远地从燕国跑到赵国,只是为了讲一个故事,所以他端正坐姿倾听,而苏代也开始讲述那个故事。

话说某一天,天朗气清,风和日丽,一只蚌懒洋洋地躺在沙滩上晒太阳,它还放松地张开了硬壳,让壳里的肉充分享受温暖的阳光。就在这个时候,一只贪婪的鹬正好在沙滩上觅食,见到了蚌身上鲜美的肉,口水都要流下来了,于是趁其不备立即冲上去啄食。蚌见到有一张尖嘴靠近自己,本能地快速合上硬壳,结果直接将鹬的嘴给钳住了。

鹬还没有尝到蚌肉的味道，嘴巴就被牢牢钳住，心里很不痛快，它威胁蚌："我劝你还是乖乖把壳打开，你要是不松开壳就等着瞧，我会陪你一直耗下去，我倒是要看看，今天不下雨，明天不下雨，不把你给干死？"

蚌将硬壳收得更紧一些，然后毫不示弱地回敬了一句："好吧，你的嘴现在已被我给钳住了，我也想看看，今天拔不出，明天拔不出，不直接把你给饿死！"

就这样，鹬和蚌谁也不肯率先做出妥协，一直僵持不下，时间一长，双方都筋疲力尽了。恰巧此时有一个渔翁路过，见到鹬和蚌紧紧缠在一起，都无法动弹，走上前很轻松地就抓住了鹬和蚌。

讲完这个故事之后，苏代直接对赵惠文王说道："如果赵国去攻伐燕国，燕国一定会竭力抵抗，在这种情况下，双方必然陷入长久相持不下的局面，最后肯定弄得都疲惫不堪。到了那个时候，秦国就可以像渔翁一样轻易把严重消耗的赵燕两国一起吞并，所以我希望您可以认真考虑一下再做出是否应该进攻燕国的决定。"赵惠文王听了苏代的话之后，很快意识到了问题的严重性，立即打消了攻打燕国的念头。

寓言出处

这则寓言出自清代文人湘灵子的《轩亭冤·哭墓》。

寓意感悟

在一个充满竞争的环境中，人们不能仅仅专注于当前的局面，一定要看得更远一些，必要的时候就要退让一步，避免因为硬碰硬而导致损人不利己，最终被第三方或者潜在的对手轻松获利。一个真正的聪明人不会逞一时之勇，不会争一时长短，不会在乎一时的得失。

不龟手药

惠子是战国时期宋国著名的政治家，他和道家的庄子是好朋友，两个人经常一起聊天，探索学术问题。有一次，惠子满脸遗憾地对庄子说："魏王曾经赏赐我一些大葫芦的种子，我种下去之后真的长出了几个大葫芦，可是这些葫芦也就是看着好看一些，真正用起来则不太好。你看啊，用这种葫芦装水，虽然储水量很大，但是不够坚固，掉地上就很容易破裂。我将它切成两半，制作成两个舀水的瓢，可是瓢显得太平了，装不下多少水。眼看着没有什么大用处，我直接把它给敲碎了。"

庄子听了连连摇头："兄弟啊，你可真是糊涂，看来你真的不善于利用东西。这就像我们宋国的一户人家一样，他们有祖传的冻疮药，平时只要涂抹这些药，就不会被水冻伤，手也不会起皮皲裂，一家人从事漂洗棉絮的工作，从来没有想过将药用于其他方面。

"有一个精明的外地人听说这家拥有上好的冻疮药，于是就不远千里赶过来购药，而且表态愿意出百两黄金。这户人家祖祖辈辈辛苦忙碌了那么多年也才积累了几两黄金的身家，没想到一次性就有人花费重金买药，自然无比开心。一家人商量之后，很快同意将冻疮药的药方出售给外地人。外地人拿到药方之后，并没有用于药物生产，而是直接献给了吴王，并且向吴王夸耀了这个冻疮药的好处。

"当时越国出现严重内乱，吴国便有心攻打和吞并越国，时值冬天，两个国家爆发了一场规模很大的水战，依靠着冻疮药的功效，吴国军队几乎没有受到严寒天气的影响；而越国的士兵被冻伤了很多人，战斗力大打折扣，在交战中吃了败仗。眼见军队大胜而归，吴王非常高兴，于是特意赏赐献出药方的人一块很大的封地。"

同样是确保手不会冻伤皲裂的药，有的人用它获得了一块封地的赏赐，有的人只会用它来保护洗丝纱的双手，之所以出现这样大的差别，就是因为人们对其使用方法不同。庄子借助这个故事告诫惠子："既然你有一个大葫芦，为什么不考虑做成腰舟而浮游于江湖之上，为什么只想着用来装水呢？你这不是心眼不开窍又是什么！"

惠子听了这番话，羞得无地自容。

寓言出处

这则寓言出自战国时期庄周的《庄子·逍遥游》。

寓意感悟

故事主要讲述了冻疮药在不同人、不同场合下所发挥的价值不同。它体现出了一个基本道理，那就是任何东西都有一个充分释放价值的地方，只要人们能够找到这个释放价值的平台就行。在生活中也是如此，很多人都觉得某人或者某物没有什么价值和功效，其实并不是这些人和物没有价值，而是没有找到一个适合他们发挥作用的平台，只要找到了合适的位置，那么他们就能够发挥出最大的价值。

郑人逃暑

春秋战国时期，郑国有个人喜欢在树的阴影下铺上草席乘凉，每次太阳在空中移动，树影也在地上移动，而这个郑国人也跟着树荫的移动而挪动自己的草席，确保自己一整天都不会被太阳光照射到。

到了晚上，月亮升了起来，随着月亮在空中的移动，树的阴影也会跟着移动，这个时候郑国人依据白天的经验，跟着树的影子移动草席，结果当月亮越移越远时，树荫也移到了很远的地方，郑国人同样将草席移动到距离树很远的地方。到了后半夜，天上开始降下露水，而郑国人因为远离大树，失去了树叶的遮蔽，身上很快都湿透了。显然，跟着影子移动的方法，虽然在白天使用起来会很巧妙，但是到了夜晚，就显得相当笨拙和可笑了。

寓言出处

这则寓言出自宋代李昉等著的《太平御览·人事部》。

寓意感悟

由于客观世界处于不断运动、变化和发展的状态中，人们也应当用发展的眼光看待事情，不能墨守成规，仍旧用老眼光、老思想、老方法来解决问题，往往会四处碰壁，遭遇重大的挫折。

荆人夜涉

春秋战国时期,各诸侯国之间经常发动战争,有一次,楚国准备偷袭宋国,于是就派人探路,考虑到楚国和宋国之间隔着澭水,想要顺利进攻宋国,就需要安全渡过这条河,但是白天发动进攻时,宋国军队很容易在河对岸做好防御措施以逸待劳,因此最好的进攻时机还是在晚上。

为了顺利发动进攻,楚军先派人在澭水里设立一个个渡河的标记,方便指引军队渡河,这样一来,部队就可以在夜里循着标记渡河发动夜袭。当一切准备就绪之后,楚国军队按照事先的计划发动突然袭击,可是在经过澭水时,河水突然上涨,但是楚国人根本没有在乎,仍然跟随原来的标记在夜里渡河,却不知道很多原先做了标记的安全地区已经成为深水区,不适合涉水了。

在将领冒冒失失的带领下,最终淹死了一千多人,士兵们在深水中发出绝望的叫喊声,就像大楼倒塌的声音一样。显而易见,这一次的夜袭遭遇了重大的失败,士兵们还没有顺利渡河就损失惨重。

寓言出处

这则寓言出自战国时期吕不韦的《吕氏春秋·察今》。

寓意感悟

无论做什么事情,都要用动态的、发展的眼光看问题,切忌静止、孤立地分析问题,如果使用过去的老方法、老策略来应对一些不断变化的新问题,必定遭遇失败。

南岐之人

在今四川和陕西的山谷之中,有一个地方名叫南岐,这里的水喝起来甘甜可口,但实际上水质很差,喝了这里的水的人,脖子上都长出了一个大大的瘤。对于世世代代都出生和生长在这里的南岐人来说,并不觉得水质有什么问题,因此也没有觉得脖子上长个瘤有什么不妥。

有一天,南岐来了一个外地人,这个外地人很快就引起了当地妇女和孩子的注意,他们纷纷嘲笑道:"快来看啊,这个外地人的脖子可真是奇怪,怎么又细又长,一点也不像我们。"外地人听了讥讽道:"你们脖子高高隆起是得了颈瘤病,你们不去好好找药治病,怎么反而认为我的脖子奇怪呢?"

南岐人很不以为意地说:"在我们南岐,大家都是这样的脖子,为什么要医治呢?"很显然,南岐人永远都不明白自己的脖子之所以会这样是因为得了病,而外地人细长的脖子才是正常的。

寓言出处

这则寓言出自明朝刘球的《两谿文集》。

寓意感悟

当一个人犯了错误时,很容易通过对他人行为的观察来进行自我改正。但是当周围的人都犯下同样的错误时,犯错者就会认为自己所做的是正确的,在这样的群体思维下,人们的视野和思维方式都会受到限制,只有走出群体思维,认真倾听更多人的建议,才能改掉身上的错误。

樊重种树

有个叫樊重的人想要制作一套实用的家具,于是就在自家院子里种下一棵梓树和一棵漆树,等到将来树木成材,就可以锯成木板来制作家具。樊重的想法遭到了邻居们的嘲讽,他们都嘲笑他说:"这些树要长成可用的木材,还要不知多少年呢,那个时候你都已经老了,怎么还来得及制作家具呢?"

面对他人的质疑和讥讽,樊重并没有过多地进行解释,而是按照自己的规划,在院子里种下了梓树和漆树,他愿意花费时间去等待树木的成长。随着时间一年年过去,院子里的梓树和漆树树苗都长成了很粗壮的大树,完全可以用来制作家具,樊重按照最初的想法,将两棵树锯成了木板。而这个时候,当初那些讥讽他的邻居,因为没有想过种树,一个个都跑到樊重家里来借木材。

很显然,樊重比所有人都懂得一个道理:"一年的计划,没有什么比种植庄稼更好了;十年的计划,没有什么比种植树木更合理了。"

寓言出处

这则寓言出自北朝贾思勰的《齐民要术》。

寓意感悟

做人应该有长远的目光,不要仅仅将目光停留在现在,也不要仅仅关注当下的需求,想要走得更远,想要获得更多,那么就要立足于长远的发展。

迁公修屋

有一个姓迁的人,家庭条件很好,但为人非常吝啬,大家都叫他迁公。迁公家的篱笆破了,他为了省钱一直不肯出钱修理;屋顶上的瓦片破了,下雨天必定漏水,他也没想过花钱修理。对他来说,只要还没有影响到自己当前的生活,那么就没有必要乱花钱。

某天夜里,突然下起了大雨,结果雨水直接从破的瓦片中流下来,屋子里很快挂起了一道道水柱,妻子和儿女们只能到处躲雨,折腾了一个晚上,身上还是被打湿了。妻子非常生气,于是忍不住大声说道:"我当初选择嫁给你,是因为你家里富贵,可以让我的生活得到保障,现在倒好,我到你家里是来受罪的。你这样的人,凭什么当一个好父亲,凭什么当一个好丈夫?"

迁公听了,心里很不是滋味,于是第二天一大早就邀请了一位工匠将房顶的破损处修好了,这一下妻子再也没有任何怨言了。可是接下来的两个多月,天空再也没有下过一滴雨,每天都是艳阳高照的好天气,而且丝毫看不出要下雨的征兆,迁公看了忍不住叹息:"我的房子刚刚修好,这天就不下雨了,这不是白白浪费了很多钱吗?"

寓言出处

这则寓言出自明代文学家张夷令的《迁仙别记》。

寓意感悟

　　做人还是要有长远的目光，做事情不能只看当下，不能只想着如何满足当下的利益需求，而要看一看对将来的影响，只关注当前的人往往无法拥有更美好的明天。

若石之死

若石隐居在冥山的北面，经常会有老虎蹲在他家的篱笆外窥视里面的情况。若石担心家人受到伤害，于是就和家人日夜保持警惕。每天早上太阳刚刚升起，他就带着家人围绕着房子敲响金属，以此来警告和驱赶猛虎。到了太阳下山之后，他又和家人一起在门口点起篝火，试图驱赶老虎，并且在山谷里修筑了一道高墙来阻挡老虎的进入。

由于防护得当，多年来老虎始终没有办法进入院子，也没有从家里叼走任何东西。然而有一天，若石发现老虎死掉了，他非常开心，自以为再也不会有任何动物可以对自己和家人构成威胁了，于是不再像之前那样每天保持警惕，做好严格的防护措施。不久之后，山谷的墙坏掉了，家里的篱笆也出现了损坏，但是若石觉得再也没有修葺的必要，于是选择放任不管。

正因为如此大意，某一天夜里，家里偷偷溜进来一只貙。貙听到若石家里牛羊猪的声音，就立即冲到圈里捕食。若石听见圈里的家畜一直在叫，就走进去观看，并没有意识到自己面临的危险，结果貙像人一样站立起来直接用爪子抓死了他。可怜的若石，只知道防着老虎的威胁，却没有顾及其他猛兽的危害，最终获得了如此悲惨的下场。

寓言出处

这则寓言出自明朝刘伯温的《郁离子》。

寓意感悟

在面对潜在的危害时，一定要保持警惕，不能轻易松懈，同时还要懂得全方位分析危害的存在，不能只知其一而不知其二，要确保所有的威胁都能够得到有效防范。

鸬鸟中计

　　有个人非常喜欢养鱼，于是就动手制作了一个养鱼池，并且满心欢喜地等着鱼越来越大。可是某一天，他突然发现老有一群鸬鹚（lú cí）飞到鱼池里偷偷啄鱼吃，一些鱼还没养大就被吃掉了，养鱼人很生气，于是就特意效仿农田里的稻草人那样，制作了一个假人，他还为假人披上了蓑衣，戴上了斗笠，又让假人手上握了一根竹竿，假人每天都威风凛凛地站在鱼池中央，吓唬那些飞来偷吃的鸬鹚。

　　鸬鹚见到鱼池中间站了个人，并没有意识到是假人，因此每一次都只是在天空中回旋飞翔，却不敢下来啄鱼吃。可是一段时间之后，它们发现这个"人"每天一动不动地站在那儿，似乎并不会带来任何威胁，于是试探着飞到鱼池里啄鱼，结果这个假人果然没有驱赶它们。鸬鹚们非常高兴，还故意飞到竹竿上面站着，完全不再害怕。

　　养鱼人见到这种情况后，偷偷撤掉了这个假人，然后自己披上蓑衣，戴上斗笠，握着竹竿站在池子中间。鸬鹚并没有发觉异样，仍旧像往常一样无所忌惮地飞下来啄食，还站在竹竿上，结果养鱼人随手就抓住了它们的脚，鸬鹚惊恐不安，但已然无法脱身了，只能嘎嘎地叫着挣扎。养鱼人这个时候得意地说："之前的那个人当然是假的，但现在的人你们还觉得是假的吗？"

寓言出处

　　这则寓言出自明朝耿定向的《权子·假人》。

寓意感悟

经验固然非常重要，但是经验并不是万能的，因为任何事物都处于不断变化的状态之中，人也在不断变化，盲目相信和照搬经验有时候会让自己陷入更大的困境，即便是那些看起来很不错的经验。

世 无 良 猫

有个人非常讨厌老鼠,但是家里偏偏闹了鼠患,于是他倾尽所有的家财买来一只好猫。为了让猫可以过得更加舒适一些而卖力抓老鼠,这个人买来上好的鱼肉喂养猫,而平常人家的猫基本上只能自己抓老鼠吃,甚至免不了饿肚子。他家的猫不用这样,他还买来上等的毡子和毯子给猫睡,而别人家的猫基本上睡在地上或者房梁上。

这个人想尽办法给猫创造了最好的生活环境,结果猫因为生活太安逸而丧失了捕老鼠的兴趣,哪怕是老鼠从身边走过,它也毫不关心。更加令人气愤的是,有几次这只猫竟然和老鼠做起了游戏,完全没有将老鼠当成猎物来对待。由于猫的无能和不作为,家里的老鼠变得越来越猖獗,肆无忌惮地偷吃和啃咬,养猫的人非常生气,最终赶走了这只好吃懒做只知道享受的猫。不仅如此,他此后再也不愿意养猫了,认为世界上没有一只好猫。

寓言出处

这则寓言出自清代文学家乐钧的《耳食录》。

寓意感悟

在批评和埋怨某个人不够好时,更应该看看负责管理这个人的自己,看看自己是否真的管理到位了,是否犯下了错误,做人不应该偏爱自己喜欢的人,不要总是将其放在温室里供养起来,过分打造一个良好的环境有时候会摧毁个人的成长,使得个人变得懒散,不思进取。

智 子 疑 邻

宋国有一个富人，家底丰厚，住的也是高墙大院，让人非常羡慕。有一次，天气骤变，连续下了几个小时的暴雨，结果家里的一堵墙被大雨淋坏冲垮了。富人的儿子从小就非常聪明，而且为人细心谨慎，他觉得附近有许多盗贼早就惦记着他家里的金银财宝，如今高墙被水冲坏了，家里也就没有了保护，这样就更容易引起盗贼们的注意。儿子郑重告诫父亲："我们应当立即将墙修好，现在这堵墙根本就没有任何保护功能，如果不赶紧修筑它，那么盗贼肯定会通过这堵破墙翻进来，那个时候家里就容易失窃。"

隔壁的老人听到了父子俩的谈话，也走过来应和着说道："是啊，是啊，墙坏了还是应该立即修好，要不然真的很不安全。"

富人没有将儿子和老人的话放在心上，觉得盗贼未必就知道墙坏了，也未必就一定会盯上自家的东西，所以将修墙的事情抛在脑后。当天晚上，富人家里果然遭了贼，丢失了大量财物，富人懊悔不已，如果自己早听从儿子的建议，那么就不会出现这样的事情，想到这里，他深深地佩服儿子的先见之明。与此同时，富人开始怀疑邻居家的老人，表面上老人也提了一个好建议，但墙坏了这件事，似乎只有自己、儿子和老人知道，因此，他觉得老人有很大的偷盗嫌疑。

对于富人而言，老人和儿子一样都提供了好的建议，也一样都知晓墙坏了的内幕，但是富人心怀偏见，因为父子关系把儿子的建议当成聪明的表现，而将老人当作犯罪嫌疑人，这明显是不合理的想法。

古代篇 | 089

寓言出处

这则寓言出自战国时期韩非的《韩非子·说难》中的《颜则旭篇》。

寓意感悟

人们在做出判断时往往不在于依据他人的建议和意见是否正确,而在于判断提建议和意见的人和自己是否足够亲密。对于亲近的人,人们往往会在判断时选择无条件信任;而对于关系不那么亲近的人,会本能地产生防备和怀疑心理,这样无疑会影响自己判断的合理性。其实做人应该对事不对人,要倾听那些真正正确的意见,而不是偏信那些和自己亲近的人。

狐假虎威

战国时代，楚国曾经一度成为当时最强盛的国家，当政的楚宣王成了当时最具权势的人物，各诸侯国的国君对他又敬又畏。对于这一点，他感到很得意，可是令他感到非常好奇的是，为什么诸侯国的国君对自己手下的大将昭奚恤非常惧怕呢？有一次，他在朝中说出了这个疑惑，其他人都说不出原因，大臣江乙站了出来，他没有直接给出解释，而是在楚王面前讲了一个故事。

话说从前在某个山洞中住着一只凶猛的老虎，有一次，它一觉醒来觉得饥肠辘辘，于是就外出搜寻猎物，当它走进一片茂密的森林之后，发现一只正在散步的狐狸，于是纵身一跃就逮住了狐狸。老虎迅速张开血盆大口，准备吃掉脚下的猎物，没想到狐狸不仅不害怕，还非常镇定地说道："你不要觉得自己是百兽之王，就可以随意将我吃掉，要知道，天帝已经命我为王中之王，你不能吃掉我，否则将会遭受上天的严惩。"

老虎自知在森林里自己向来都是顶级的存在，无论谁落在自己手里，都免不了被吃的命运，这只小小的狐狸竟然说它是天帝派来的，实在有些蹊跷。它本打算进行威吓与试探，可是狐狸根本连看都不看老虎一眼，还表现出一副高傲的姿态。老虎的疑心更重了，原先那种盛气凌人的王者之气顿时萎靡了一大半，它心里也暗暗吃惊，作为百兽之王，其他动物见了自己无不臣服，远远就躲开了，为什么这只小狐狸却一点也不害怕自己，难道真的是天帝派来的？想到这儿，老虎有些动摇了，不知道是不是该吃掉狐狸。

眼见如此，狐狸眼睛滴溜一转，又开始发动心理攻势。它趁机站了起

古代篇 | 091

来，然后神气十足地挺起胸膛，伸出手指指着老虎的鼻子说道："怎么，老虎兄弟不相信我说的话？这不要紧，你可以跟在我身后去森林里走一圈，看看所有的动物见了我是不是都会受到惊吓，是不是一个个都慌慌张张跑开。"老虎也觉得这个方法不错，只要看看其他动物的反应，就可以验证狐狸的话是不是真的，到时候再决定要不要吃也不迟。

就这样，狐狸在前面大摇大摆地晃悠，老虎则紧紧跟在身后。没走多远，它们就见到了一群觅食的小动物，结果小动物在看见狐狸身后的老虎时，吓得魂不附体，以最快的速度躲藏起来。狐狸则非常得意地回过头，对老虎说道："怎么样，我说得没有错吧！"老虎亲眼见到发生的一切，很快就对狐狸的话深信不疑，于是放弃了吃掉狐狸的想法。其实老虎并不知道，小动物所害怕的并不是狐狸，而是跟在狐狸后面的自己啊。狐狸的计策之所以可以得逞，就是因为它利用了老虎的威势吓跑了小动物，可怜老虎和其他小动物都被它愚弄了。

江乙认为，很多诸侯国之所以害怕昭奚恤，并不是因为他真的很强大，而是因为大王很强大，他不过是因为拿着大王交给他的兵权四处恐吓而已，这才造成了大家都害怕他的局面。楚王听了如梦初醒，心里的疑惑终于被解开了。

寓言出处

这则寓言出自西汉刘向的《战国策·楚策一》。

寓意感悟

有些人没有什么真本事，只会仗着其他人的地位和权势欺压和恐吓别人，用来满足自己的虚荣心，或者谋求自身的不正当利益，这会给整个权力机制造成严重的危害。所以当权者应该懂得约束下属的权力，并保持清醒的头脑，防止有人借着自己的权势胡作非为。此外，弱者终究只是弱者，只要人们擦亮眼睛，勇敢戳穿他们的把戏，那么他们就不可能对任何人形成威胁。

涸泽之蛇

有大小两条蛇多年来一直住在池塘边,生活得非常惬意,可是由于长久干旱,很多地方都开始缺水,它们居住的池塘也不幸干涸了,蛇只能被迫迁往其他地方,寻找新的水源与合适的生活环境。由于迁徙之路很遥远,一路上必定遇到很多人,而人向来将蛇当成邪恶危险的动物,遇见了必定立刻打死,因此这条迁徙之路必定危险重重。于是小蛇就向大蛇提出了一个建议:"你看啊,我们一路上很容易被人认出来而惨遭毒手,我觉得如果我们相互衔接着,然后你背着我走,人们必定感到奇怪,我想他们从来没有见过这样奇怪的蛇,必定将我们当作蛇神来看待。"大蛇觉得非常有道理,觉得这是一个非常好的迁徙方案。

就这样,大蛇背着小蛇,并且相互衔接在一起,然后大摇大摆地穿过马路和街道,根本不惧怕任何人。路人们见到这样奇怪的蛇,都觉得很惊讶,于是遇见之后立即避让,而且一个个都心怀敬畏地说道:"这是神灵啊。"

寓言出处

这则寓言出自战国时期韩非的《韩非子·说林上》。

寓意感悟

生活中常常会有一些人因为装模作样,而蒙蔽他人的眼睛,欺骗他人的感情,但是只要人们擦亮眼睛,理性地看待和分析这些事情,就可以挖掘出本质,并揭穿伪装者的诡计。

叶公好龙

叶是春秋时楚国的重要城市，城中有一位姓沈的县令，人称叶公，此人非常喜欢龙，衣服钩带上画着龙，酒具上雕刻着龙，屋子里雕梁画栋上也是龙，平时开口闭口也在与人谈论龙，看起来对龙非常有研究，也很痴迷，大家都觉得他应该是一位爱龙人士，而他自己也经常以爱龙、敬龙人士自居。

叶公对于龙的爱好被天上的真龙知道了，真龙决定下来看一看叶公究竟是什么人。某日，天色大变，真龙从云层里钻出，飞入叶公的家中，龙头正好搭在窗台上看望，而龙尾则伸到厅堂里，叶公被这样骇人的场景给吓蒙了，他万万没有想过自己每天都在研究画龙和刻龙，却等来了一条真正的飞龙，他根本无法控制住自己，失魂落魄地往外跑。

很显然，叶公并不是真的喜欢龙，只是喜欢借着龙满足自己的虚荣心，因此当他见到真龙的时候，就像见到了骇人的怪物一样，之前所有的把戏和伪装都被拆穿了。

寓言出处

这则寓言出自西汉刘向的《新序·杂事五》。

寓意感悟

叶公好龙的故事实际上讽刺和批判了生活中那些喜欢唱高调、不愿意在实际中采取必要行动的不良做派的人。这些人表里不一，平时乐于喊口号，唱高调，一旦付诸实践就暴露了自己的无能和虚伪。

三 人 成 虎

战国时期，魏国大臣庞恭陪同太子前往赵国做人质，考虑到魏国国内的复杂局势，他非常担心自己离开之后会被奸人在背后中伤，而那个时候魏王是否还会愿意相信自己呢？

为了避免出现这种事情，庞恭在拜见魏王时，讲述了一个故事："大王，如今有一个人突然跑来告诉你，街市上出现了一只凶猛的老虎，不知道大王会不会相信这样的说辞？"魏王摇摇头，回答说："我不相信。"在他看来，老虎通常都在山林里活动，怎么会跑到繁华的街市上呢？这样滑稽的谣言无论如何不值得相信。

庞恭接着又问道："如果有两个人同时跑过来告诉你，说街市上出现了一只老虎，大王还会相信吗？"魏王仍旧坚持自己的观点，但是他的回答不像之前那么坚定和绝对，而是摇着脑袋说："对此，我还是有些怀疑。"

看到魏王的回答有了一丝变化，庞恭再次说道："如果又出现了第三个人说街市上有老虎，大王还会坚持之前的观点吗？"这一次，魏王被彻底动摇了，他摇摇头说道："我会相信他们所说的话。"这个时候庞恭解释说："答案很明显，街市上根本不会出现老虎。换句话说，这三个人都只是在散播谣言而已，可是一个人的话不可信，两个人的话同样不怎么可信，三个人的话就往往会产生说服力，大家就会相信这件事是真的，认为街市上真的有了一只老虎。如今，我要前往赵国，赵国的邯郸距离魏国大梁，可比魏国王宫距离街市要远很多，这样长的距离必定信息传播不畅，而朝中对我有非议的人那么多，恐怕会产生一些对我不利的谣言，要是很多人都在背后中伤我，还希望魏王可以明察秋毫。"

魏王听了觉得有道理，他安慰庞恭说："这个我心里有数，对你的为人，我也非常了解，你就放心去吧。"

当庞恭放心陪着太子离开后，就有人偷偷在魏王面前诬陷他。魏王一开始还会为庞恭辩解，并且斥责那些中伤的人，可是随着诬陷的人越来越多，魏王渐渐将这些诬陷当成了真实发生的事情，于是不再信任庞恭。等到庞恭和太子回到魏国后，魏王彻底冷落了他，并且再也没有召见过他。

寓言出处

这则寓言出自西汉刘向的《战国策·魏策二》。

寓意感悟

这则寓言实际上揭示了谣言形成、传播并广泛影响人们的一个原理。当一件子虚乌有的事情发生时，如果只有一个人在传播，那么人们通常不会相信；当两个人传播时，可信度也不高；可是当三个人、四个人，甚至更多的人都在传播时，人们就会相信他们所说的东西真实存在。但谣言之所以会被认为是真的，有一个重要的条件，那就是人们通常愿意相信多数人的话，却缺乏自我调查、分析和判断的能力，如果人们愿意针对谣言进行仔细调查、分析，那么自然就不会被那些谣言左右。

楚人有担山鸡者

楚国有个人挑着山鸡沿途叫卖,一个路人从来没有见过山鸡,于是就好奇地问:"这是什么鸟?"挑担的人撒了一个谎:"哦,这是凤凰。"路人非常惊讶,同时又表现得非常兴奋,有些失控地说道:"我很早以前就听说过凤凰了,今天算是真的见到了,冒昧地问一句,这只凤凰您打算出售吗?"楚国人为自己骗到了一个无知的人而高兴,于是连连点头说道:"是啊。"路人非常开心地掏出一大笔银子,楚国人摇摇头,表示钱太少了,他要求对方加倍,因为这是凤凰,是神鸟。路人觉得有道理,于是又多给了一笔钱,楚国人这才欣然同意出售。路人获得凤凰后,兴高采烈地回家,并且希望将凤凰献给楚国的大王,可惜这只所谓的凤凰过了一夜就突然死掉了。

路人觉得非常可惜,他并不心疼自己花掉的那笔钱,而是为自己不能将凤凰献给楚王而感到可惜。不久之后,路人买凤凰献楚王的消息在城中传开,大家都在传播这件事情,并最终被楚王知晓。

楚王觉得路人的行为实在令人感动,尽管自己没有得到凤凰,但是他对路人的行为提出了赞赏,所以直接召见了这个路人,并且当面赏赐了许多贵重的东西和珠宝,而路人此时所得到的这些奖励比买山鸡花掉的钱多了十倍也不止。

寓言出处

这则寓言出自唐朝李白的《赠从弟冽》。

寓意感悟

　　做人做事不能偏信和盲从，一定要花费时间去调查，在实践中去寻找事情的真相，然后再做出具体的行动方案，如果人云亦云，缺乏判断和明辨是非的能力，就容易被谣言利用。

偷鸭求骂

某县城西边的白家庄里，住着一个人，有一次，他为了满足口腹之欲偷走了邻居老丈家的鸭子，然后煮熟吃了。到了夜里，偷吃鸭子的人浑身奇痒难耐，早上醒来时，发现身上竟然长出了鸭毛，而且一触碰就浑身疼痛，也找不到医治的办法，以至于他几天都不敢出门。有天夜里，一个人托梦告诉他："你这个病就是老天爷对于偷盗行为的惩罚，你只有找到老丈，让他当面骂你一顿，鸭毛才会自动脱落。"

第二天一大早，偷鸭子的人就找到老丈，告诉对方家中鸭子失窃的事情。老丈是个温和大度的人，平时就算丢了什么也不会说出来，免伤大家和气，偷鸭子的人知道老丈不会骂人，于是撒谎说："您知道吗，您家里的鸭子是被某人偷走的，这个人怕您当面骂他，不敢前来见您。您呢，可以随便骂他几句或者警告一下就行，让他下次不要再来偷了。"老丈满脸不在乎，乐呵呵地笑着说："我哪有工夫去骂那些坏人！"

眼见老丈不愿意开口骂人，偷鸭子的人只好如实相告，将自己偷鸭吃鸭的事情和盘托出。老丈听了怒火三丈，认为对方不该欺骗自己，这是敢做不敢当的卑鄙行为。虽然被骂得狗血淋头，但是偷鸭子的人很快发现身上的鸭毛全部脱落了。

寓言出处

这则寓言出自清朝蒲松龄的《聊斋志异》。

寓意感悟

　　对于自己犯下的错误，人们应当勇敢承认和坦白，不要试图遮掩和逃避，否则只会遭受更大的惩罚，只有诚信面对错误，改正错误，才能真正避免错误带来的负面影响。

得 鱼 忘 筌

很久以前，有一位渔夫每天都到河边捕鱼，可是收获一直都很少，他也觉得有些气馁。为了捕到更多更大的鱼，他修复自己捕鱼用的竹器筌，而且还特意安装了一个新的浮标。某天，他像往常那样将竹器丢到水里，然后坐在岸边，全神贯注地盯着浮标，细心观察水里的动静。

不多久，他发现浮标开始往下沉，而水里也起了很大的波纹，立即意识到自己捕获了一条大鱼，于是马上跑到河里将竹器取了上来，结果发现真的抓住了一条大鱼，而且还是一条红鲢鱼，这下可以拿这条鱼去集市上卖不少钱了。待到把鱼从竹器中取出来后，渔夫兴冲冲地提着鱼跑到家里，还没走进家门，他就大声呼唤妻子出来看一看，分享自己的收获，同时吹嘘自己的捕鱼功夫如何了得。妻子见到了红鲢鱼也非常高兴，但是对于丈夫的吹嘘，她并不认同，而是觉得这一切都应该归功于捕鱼的竹器。

正说着，妻子突然发现丈夫手上并没有竹器，于是就询问竹器的下落，是不是忘在河岸边没有带回家。丈夫听了，这才意识到由于自己捕到鱼太高兴，以至于将捕鱼的竹器落在河边了。

寓言出处

这则寓言出自战国时期庄周的《庄子·外物》。

寓意感悟

　　这个故事实际上批判了那些在达到目的之后，就将自己最倚重的工具抛弃的行为。在人际交往中得鱼忘筌的人似乎将人际关系当成利用的工具，而缺乏最基本的尊重，这样的人根本不值得深交，更不值得伸出援手。

东郭先生和狼

晋国大夫赵简子率领随从到中山国去打猎，路上射中了一只狼的前腿，狼落荒而逃，走投无路之际，正好遇到了牵着毛驴来中山国求官的东郭先生，于是哀求着说："求求您救救我吧，让我躲进装书简的口袋中去躲避追捕。若是可以逃过一劫，日后必定报答您的救命之恩。"东郭先生见到后面追捕的人像是贵族子弟，知道自己得罪不起，但是本着墨家的兼爱精神，仍旧愿意救狼一命，最终东郭先生让狼蜷缩起身子，绑住四肢，才勉强放进口袋。

赵简子追上来，发现狼消失不见了，就询问东郭先生是否见过狼，东郭先生摇摇头。赵简子有些生气和怀疑，直接一剑砍断了车辕，并且警告现场的人如果知情不报，下场就和车辕一样。东郭先生吓得跪倒在地上，连忙说自己知道狼生性凶残，绝对不会隐瞒，但自己为人愚钝，连前往中山国的道路也弄迷糊了，又怎么能够发现狼的踪迹，他觉得赵简子最好还是询问一下守山的人。

当赵简子郁闷地离开后，东郭先生将狼从口袋里放了出来，没想到狼突然露出凶残的本性，表示自己肚子饿了，东郭先生既然心怀墨家理念，理应献出自己供它食用。东郭先生不从，只好躲在驴身后绕圈逃跑。眼看着天色越来越晚，东郭先生担心狼群出现后会更加危险，于是就对狼说道："既然这样，我们就按照民间的规矩来办，只要有三位老人都觉得你应该吃掉我，我就心甘情愿让你吃肉。"狼之前受了伤，也疲惫不堪，于是点头同意了这个建议。

由于路上没有见到行人，狼就提议询问老杏树，老杏树听说了这件事之后，说道："20年前，种树的人用一颗杏核将我养成大树，然而这么多年了，他们一家人都吃我的果实，将我的果实出售换了不少钱，如今还要将我砍倒卖给木匠。东郭先生对狼的恩德恐怕比不上我吧，为什么不能给狼吃呢？"狼听了这话，觉得很高兴。

接着，他们又遇到了一头母牛，东郭先生连忙去询问狼是否可以吃掉自己，母牛听完故事后，说道："我是被老农用一把刀换回来的，虽然将我养大了，但我多年来一直帮忙拉车帮套、犁田耕地，养活了老农一家人。现在我老了，他却想杀我，用我的皮肉筋骨换钱。东郭先生对狼的恩德根本不重，为什么狼不能吃你呢？"这一下，狼变得更加开心了。

不久之后，东郭先生遇到了一个老人，于是就要求老人出来主持公道，老人严厉地批评了狼："你这个忘恩负义的东西，为什么要背叛救命恩人呢？难道不知道虎狼尚且讲父子之情吗？"狼连忙狡辩说："东郭先生可没有想过救我，他将我手脚捆住，还用书籍压着我，想将我闷死在口袋中，这种人为什么不能吃？"老人听了，故意说道："你们各说各的理，我也不好判断，要不这样吧，你们将之前的情况重新演示一遍，我也好看看你说的是不是真的。"

狼觉得很有道理，于是就重新让东郭先生绑住手脚，然后放进口袋中，这个时候，老人和东郭先生立即将口袋用绳子系好，然后拿着利剑刺死了狼。

寓言出处

这则寓言出自明代马中锡《东田文集》中的《中山狼传》。

寓意感悟

做人要懂得分黑白，知善恶，对于那些本性就很坏且没有感恩之心的人，一定要保持戒备之心，不能轻信对方，更不要轻易被对方利用，远离这些小人，才会避免被小人从背后伤害。

道 士 救 虎

由于连日大雨,有个地方突发山洪,导致大量的房屋被冲毁,而且大水溢满了整个山溪,很多人为了逃生,顺着树木爬到房顶上呼救。山上有一个道士,为人非常热情和仁慈,特意准备了一艘大船赶来救人。他披上蓑衣,戴上斗笠,站在船上救人,遇到那些会游泳的人,他就指引他们游到岸边去;遇到那些不善于游泳或者被水冲走的人,就投过去一些木头和绳索救人,并且将落水者拉上岸。

第二天大清早,道士继续去河里救人,他远远看见有一只野兽被水冲了过来,野兽一直在水里挣扎,只露出一个脑袋艰难地游动,似乎在向人类求救。道士于心不忍,对着驾船的人说道:"这也是一条生命,一定要赶紧把它救上来。"驾船的人遵从了道士的指令,用一块木头将野兽拉上了岸,这个时候大家才发现救上来的竟然是一只老虎。

刚上岸时,老虎已经精疲力竭,看起来迷迷糊糊、无精打采,只是非常安静地趴在船板上舔自己打湿的毛发。等到船靠岸之后,老虎已经恢复体力,于是二话不说就扑倒了道士,准备吃掉他。大家见状立即一起冲上去打跑了老虎,道士侥幸从虎口捡回一条命,但是已然遭受了重伤。

这则寓言出自明朝刘伯温的《郁离子》。

寓意感悟

对于那些内心邪恶、行为不端且不懂得知恩图报的人,没有必要给予同情,更不要随意伸出援手,为这些人付出太多并不值得,而且弄不好会遭受对方的侵害。

买椟还珠

春秋战国时期，楚国有一个卖珠宝的商人，经常跑到郑国做生意，为了吸引顾客的关注，他选了一些上等的木材做成一个个精致新颖的木盒子，还邀请技艺高超的雕刻师给盒子雕刻各种各样美丽的花纹。最后，他买来一些名贵香料熏盒子。盒子做好之后，商人将珠宝放在盒子里出售，觉得一定可以卖一个好价钱，而且到时候必定引来大家的哄抢。

为了提高销量，商人特意在郑国选择了一条热闹非凡的街市展出自己的珠宝。结果，很快就有一大批人围了上来，让他感到疑惑的是，大家只对精美的盒子感兴趣，至于盒子里面的珠宝连看都不看一眼。商人只好卖力吆喝，推销自己的珠宝，但大家根本就提不起任何兴趣。

这时有个郑国人拿起盒子，端详一番之后，就出高价买下了它。可是这个顾客还没走几步，就折了回来，将盒子里面的珠宝取出来，送还给商人，然后解释说："刚才我买东西太匆忙了，竟然忘了盒子里有一颗珠宝，我想是您放进去的，所以现在送还给您。"

郑国人归还珠宝之后，高高兴兴地离开了，还不时抚摸着手里的木盒子，连连称赞说："这个木盒真的是太漂亮了，我可真的是赚到了。"听了对方的话，楚国商人惊讶得合不拢嘴，他原本以为对方是来买珠宝的，却不料是喜欢上了盒子，想来是装珠宝的盒子太精致了，完全盖过了珠宝的风头。由此可见，自己实在不适合卖珠宝，还不如改卖盒子算了。

寓言出处

这则寓言出自战国时期韩非的《韩非子·外储说左上》。

寓意感悟

做人应当分清主次,了解什么才是主要的,什么才是次要的,同时要重点把握那些主要的东西,不要舍本逐末、因小失大。此外,做人不能只看外表,不能只注重形式,而要注重对内在的审查,徒有其表的东西往往经不起考验,只有内在丰富的东西,才是真的美。

杯弓蛇影

晋朝有一个叫乐广的人，经常邀请朋友到家里饮酒聊天。有一天，乐广同往常一样宴请宾客，正当大家喝得兴起，一位朋友却中途离场，原来这个朋友突然发现酒杯里有一条小蛇，碍于大家兴致很高，他只好硬着头皮喝下去，但是喝完之后就觉得浑身不舒服，然后匆匆离场。

接下来的几天，乐广都没有见到这个朋友，他觉得很好奇，不知道对方发生了什么事，于是就挑选了一个日子登门拜访，这个时候才知道朋友已经躺在病床上好几天了。乐广非常好奇，就关切地问道："前几日，你在我府上饮酒，不是还好好的吗？几日不见，怎么会病得这样厉害？"

一开始朋友不好意思说，表现得支支吾吾，在乐广的追问下，朋友才说出了实情："那天你热情地招待了我，原本我也喝得很尽兴，可是我突然发现酒杯里出现一条小蛇，而且还在慢慢蠕动。我觉得很恶心，也很恐惧，但是看到大家都在举杯，我就硬着头皮一饮而尽。由于感到不适，我就提前离开了，而回到家中后，我更是觉得肚子里有蛇在游动，全身也开始变得不舒服，最终一病不起。"

乐广听了非常奇怪，很快便联想到家里的墙壁上挂着一张弓，可能是这张弓的倒影引起的误会，所以他再次邀请朋友到家里喝酒。这一次，朋友刚举起杯子，又发现酒杯中出现了一条蛇，吓得几乎将酒杯摔落在地。此时，乐广指着墙上的弯弓说道："你所看到的蛇，不过是这张弓的影子。"然后他从墙上取下了这张弓，朋友酒杯里的蛇果然消失不见了。朋友这才意识到自己酒杯中的蛇是弯弓的影子在作祟，心里自然解除了疑惑，没过多久，病也痊愈了。

寓言出处

这则寓言最早见于东汉学者应劭的《风俗通义·怪神》，后又见唐朝房玄龄等著的《晋书·乐广传》中有类似的记载。

寓意感悟

遇到一些难以理解的事情时，不要捕风捉影、疑神疑鬼，也不要凭借主观意愿做出判断，要懂得动用自己的理性思维，从事实出发进行分析，找到事情背后隐藏的真相，以及引发事件的相关原因，为自己的抉择和行动奠定坚实的基础。

以羊替牛

在古代，人们经常会在祠庙里举行一种名为"衅钟"的祭祀仪式，为了表示对神灵的虔诚，同时求得神灵的庇佑，人们将要杀一头牛或者杀一只羊，然后把牛头或者羊头装在大木盘子里，供奉在祭神的供桌上，而参加祭祀的人会站在供桌前祈祷。

某一天，齐宣王在大殿门口见到一个人牵着牛从大殿前走过，于是叫住了对方，问他准备将这头牛牵到哪里去。那个人恭恭敬敬地回复："我准备将它宰了祭钟。"齐宣王看到这头牛似乎知道了被宰杀的命运，一直瑟瑟发抖，于是满怀悲悯地说道："这头牛本身没有任何罪过，却要白白送死，我不忍心看它恐惧的样子，我看还是把它放了吧！"

牵牛的人听了也很受感动，称赞说："大王真的心怀慈悲，那就请您把衅钟这种仪式也一并废除了吧。"

齐宣王严肃地摆了摆手，说："仪式怎么可以废除呢？"接下来，他又说道，"我看还是这个样子吧，你就用一只羊代替这头牛吧！"

寓言出处

这则寓言出自战国时期孟轲的《孟子》。

寓意感悟

以羊替牛的人实际上代表了一种伪善，他们并不会真正抱有爱心和同情心，只是通过一些伪装手段欺骗他人而已，在面对这样的人时，人们一定要擦亮眼睛，看到面具背后的虚伪面孔，防止上当受骗。

穿井得一人

宋国有一户丁姓人家,由于家里没有水井,生活用水以及农田灌溉非常不方便,每一次都要到很远的地方去打水,为了解决用水问题,丁家人决定自己打一口深井。不久之后,水井顺利开挖,丁家人见了非常高兴,逢人就说:"我家打水井得到了一个人。"听的人吓了一跳,怎么打水井也能挖出人来,他也不管这话是什么意思,直接到处传播:"不得了了,听说丁家人挖水井挖出了一个人。"

由于大家都没有听过这样的稀奇事,于是一传十,十传百,很快整个宋国都在谈论丁家人从水井中挖出人的事情。有一次,宋国国君偶然间听说了这件稀奇事,觉得实在有些不可思议,于是就派人去丁家询问情况,看看是否真有这样的事情发生。面对国君派来的人,丁家人表示自己从未在水井中挖出人,他解释说:"我说的在水井中得一人,意思是挖好了水井就等于得到了一个劳动力,因为家人再也不用特意安排一个劳动力去很远的地方挑水了,而不是说在水井中挖到一个人。"

来人听了哭笑不得,表示这样的谣言听了还不如不听。

寓言出处

这则寓言出自战国时期吕不韦的《吕氏春秋》书卷二十二《慎行论·察传》。

寓意感悟

对于听到的任何事情，都要仔细辨别，认真做好调查研究的工作，这样才能弄清楚真相，而不是盲目听从一些明显不符合实际情况的谣言，并且以讹传讹，闹出笑话。

杨布打狗

战国时期,有个人叫杨布,他是魏国哲学家杨朱的弟弟。有一次,杨布穿着一件白色的衣服出门,结果天气骤变下起了大雨,杨布担心白衣会被弄脏,于是立即脱下衣服,换上了一件黑色的衣服回家。

令杨布没有想到的是,早上出门时,家里的狗还殷勤地送他出门,回来的时候,狗却冲着他大叫,就好像不认识一样。杨布非常生气,于是抄起棍子就想要打狗。这个时候哥哥杨朱拦住了他:"你不要打狗,这不是狗的错,你想一想,如果换成是你,肯定也会像它一样。假设你的狗出门时是白色的,而回来的时候变成了黑色,你是不是一样感到奇怪?"

杨布听了觉得有些羞愧,于是不再打狗。

寓言出处

这则寓言出自战国时期列御寇的《列子》。

寓意感悟

遇到问题时,不要轻易就怪罪于他人,而应该学会换位思考,先看看自己是否有错,如果一味将所有问题都归咎到他人身上,自己身上的错误就永远无法得到改正。此外,做人不能只看表象,而应该抓住事物的本质,这样才能真正认识错误并解决问题。

泽人网雁

在太湖的一处洼地中,经常会有一大群白雁聚集在这里栖息,尤其是到了晚上,白雁会聚集在一起,栖息在洼地中。由于担心人类会趁着睡觉的时候用带有丝线的箭射自己,于是它们就特别安排了一只负责值班巡逻的值班雁,让它随时观察,一旦发现有人靠近,就要通过叫声向白雁们发出警报。这样一来,它们就可以更安心地在洼地中休息了。

生活在太湖边的捕鸟人,早就熟悉了白雁们的作息方式和警报模式,所以经常会故意点起火把用火光照射,此时负责值班的白雁就会大声鸣叫起来,向其他白雁发出警报,而捕猎者会立即熄灭火把,保持安静。白雁们被惊醒之后发现周围没有丝毫动静,接着继续睡觉。过了一会儿,捕猎者再次照亮火把,值班的雁又发出警报,等到白雁们醒来时,捕猎者快速熄灭火把。如此重复了三四次之后,白雁们被惹怒了,认为值班的白雁欺骗大家,于是一起啄伤了它。

等到白雁们睡去,捕猎者再次点起火把,但这个时候值班的白雁已经不敢再叫了,捕猎者就可以明目张胆地撒下大网,将这群尚在睡梦中的白雁全部抓住。

寓言出处

这则寓言出自明朝宋濂的《燕书》。

寓意感悟

遇事要仔细调查,认真分析,绝对不能凭借主观上的判断,就对事情的性质做出评判。那些喜欢妄加猜测的人,往往缺乏耐心,容易犯下大错。

越 人 遇 狗

春秋战国时期,有一个越国人在路上遇到一只可怜兮兮的狗,似乎好几天没有吃东西了,就顿生怜悯之心,与此同时,那狗见到越国人就低着头摇着尾巴发出人的语言说道:"我好久没吃东西了,希望有人喂我吃一口饱饭。当然,我也不是白吃的,我非常擅长捕猎,捕到的猎物愿意和你平分。"

越国人听了非常高兴,于是就带着狗一起回家,帮狗洗干净之后,还给它吃饭吃肉,完全像招待一个人那样款待这只狗。狗从来没有享受过如此盛情的招待,变得越来越傲慢,平时外出捕获猎物都是自己全部吃完,根本没有给越国人留下一点肉。

很多人见到这只狗如此自私,就讥讽越国人:"你用这样高规格的方式喂养狗,而狗在捕获猎物时,从来不肯分你一点,你为什么还要继续养活它呢?"越国人听了也觉得非常生气,于是醒悟过来,在下一次分配猎物的肉时,将多的分给了自己,少的分给了狗,没想到狗见了非常愤怒,于是跳起来咬破了越国人的头,还咬断了他的脖子,最后逃跑了。

大家后来都说,像这种将狗当人一样喂养,然后要和狗争食物的人,哪有不遭到失败的道理?

寓言出处

这则寓言出自元代思想家邓牧的《伯牙琴》。

寓意感悟

这则寓言告诉人们，在面对恶人和恶势力时，千万不要姑息纵容，更不要与他们有利益上的纠缠，否则容易给自己带来祸患。

燕人返国

春秋战国时期，有一个燕国人，自小在楚国长大，一直到老了的时候，他才有机会重新回自己的国家。在返回燕国的时候，他途经晋国，同行的人知道他对于各个国家的位置并不清楚，于是就捉弄他说："你看，这里就是燕国的城市。"燕国人听了，悲怆之情立即涌上心头，神色也变得悲伤起来。

这时，同行的人又指着一座土地庙说："看哪，这就是你们乡里的土地庙。"燕国人忍不住叹息，心里更不舒服了。同行的人还不罢休，接着指了指一座坟墓说："这就是你先人的墓。"这个时候，燕国人内心的伤感再也控制不住了，于是就蹲坐在地上痛哭起来，一时之间难以抑制。

同行的人见到这样的情况，忍不住哑然失笑："其实我刚才所说的这一切都是骗你的，这里还是晋国的地界。"燕国人听了有些生气也有些羞愧，觉得自己刚才的表现显得有些做作了。

燕国人只能硬着头皮继续前进，不多久，他就进入燕国的地界，然后见到了燕国的城楼和土地庙，也真的见到了先人的房舍和坟墓，然而内心悲凄的心情此时已经非常淡薄，他再也表现不出那种浓烈的思乡感觉了。

寓言出处

这则寓言出自战国时期列御寇的《列子·周穆王第三》。

寓意感悟

　　对于他人的情感要保持真诚的态度，不要试图利用他人的真实情感谋取私利，更不要欺骗他人的情感，这样做只会让欺骗者失去更多的信任。

猫祝鼠寿

有一只猫一直想要抓住老鼠,但聪明的老鼠总是能巧妙地逃脱猫的追捕。有一天,老鼠干脆躲在瓶子中不出来,猫试图钻进瓶子,可是瓶口太小,根本进不去,它用爪子伸进去抓,可是瓶口依然太窄,根本碰不到老鼠。为了引诱老鼠出来,猫就趴在瓶口处,然后用自己的胡须去拂掠老鼠的鼻子,老鼠受不了这种刺激,忍不住打了几个喷嚏。

这个时候,猫在瓶子外面亲切地呼唤说:"千岁!"又接着说道,"你出来吧,亲爱的老鼠先生,我是不会把你怎么样的。你看看,我还衷心盼望你能健康长寿呢,这样吧,以后你每年过生日的时候,我都会给你拜寿。"

老鼠听了,非常冷静地说道:"你这哪里是在为我祝寿?你真正的目的,不过是想把我从瓶子里引诱出来,然后吃掉我罢了!"

寓言出处

这则寓言出自明朝浮白斋主人撰《雅谑》。

寓意感悟

在面对那些不怀好意的人时,一定要注意认清他们的本质,揭露他们伪装的面具,不要轻易被他们的花言巧语所蒙蔽,因为这些伪善的人在接近他人时往往有所图。

鲍子难客

齐国贵族田氏一直以来都深得国君的信任,家族非常兴旺,是齐国的名门望族,他对于家族所得到的一切感到满足和得意。有一次,他在庭院里举行隆重的祭祀路神仪式。当祭礼结束之后,他设宴款待了上千位宾客。席间,有人献上了鲜美的鱼和雁,田氏看了感慨地说道:"老天待我们真的不薄,可以说是恩德深厚,它帮助我们繁殖了五谷,生育了鱼鸟,特意供我们享用。"

话音刚落,参加宴会的诸多宾客就纷纷附和着说"好",大家都表示同意田氏的话,可以说给足了田氏的面子,使其大出风头。可就在这个时候,有个十二岁的小孩子鲍氏走上前,对着田氏深深作揖,然后说道:"事情恐怕并非像您所说的那样,天地万物,和我们人类共同生存在自然界,都是自然界的一部分而已。大家其实并没有贵贱上的区别,只不过因为智慧上的高低和力量上的大小,才导致相生相克,彼此制约,并维持一种良性的生存状态,并不存在谁为谁而生的说法。人类所获取的庄稼、鱼肉和水果,又怎么能说是老天爷专门为人类提供的呢?就像蚊子和其他血吸虫一样,就像老虎和狼吃人一样,难道说人类也是老天爷专门安排给它们享用的吗?"

小孩子说完这些话之后,整个宴会上鸦雀无声,大家都低着头沉默不语,田氏也羞愧得无地自容。

这则寓言出自战国时期列御寇的《列子·说符》。

寓意感悟

　　自然界的存在与发展是客观的，人与其他东西都是自然界中的一部分，因此人与自然应该和平共处，和谐发展，不要将自己凌驾于自然之上，不要总是认为自己才是自然界的核心，而其他东西都要围绕自己来转。

晋人好利

有个晋国人平时有点贪财，为人蛮横不讲道理，手脚也不太干净，有一天他到市场上去，看到有什么好东西就直接拿过来，嘴里一直在说："这个我可以吃，这个我可以穿，这个我可以收藏，这个我可以用。"晋国人拿完之后径直离开，根本没想过要付钱。负责管理市场的官员闻讯赶了过来，要求晋国人付钱。

晋国人听了立即说道："当我利欲熏心的时候，两眼直接发晕冒火，就会觉得天底下的东西都是我的，丝毫不认为这是别人的东西。不如你把东西给我算了，等我以后升官发财了，再把这些东西还给你。"

官员听了非常生气，直接给了晋国人几鞭子，将晋国人拿走的东西抢了回去。这个时候，旁边有个看热闹的人讥讽晋国人，晋国人把手肘弯曲成戟的形状，直接骂道："世界上比我贪图利益的人多得是，他们在暗地里争夺利益，而我是在白天拿别人东西，难道不比那些暗地里做龌龊事的人更好吗？这有什么值得讥笑的？"

这则寓言出自明朝宋濂的《龙门子凝道记》。

寓意感悟

比起明目张胆干坏事的真小人，那些善于伪装自己的伪君子才真正让人感到愤怒。当然，无论是真小人，还是伪君子，他们所做的都是不符合法律和道德的事情，都应该受到批判和惩罚。

郢书燕说

楚国的都城郢有个人写信给燕国的相国。由于夜晚的光线比较暗,他就对一旁举着蜡烛的人说道:"举烛。"结果,一不小心将"举烛"两个字写入信中。当燕国的相国收到这封信之后,立即注意到了"举烛"两个字,他看了非常高兴,因为这两个字的本意就是要人崇尚清明廉洁,实行清明的政策,推举真正的贤能之士,这显然有利于扶正官场的风气,有助于提升官场的办事效率。

燕国的相国直接把这个意思告诉燕王,燕王听了也非常高兴,决定用这样的方法治国。结果燕国的官场变得非常廉洁,政治也一片清明,很多人都称赞燕王的治国能力。但事实上,"举烛"二字并非写信人的本意,只是不小心误写了而已,正是这种误打误撞帮助燕王找到了更好的治国之道。

寓言出处

这则寓言出自战国时期韩非的《韩非子·外储说左上》。

寓意感悟

对于一些偶然原因歪打正着而产生的良好结果,没有必要牵强附会进行解释,更没有必要刻意曲解本意,做人或者求学问都要实事求是,罔顾事情的真相而随意曲解,无疑会带来很不好的影响。

南 柯 一 梦

有一个叫淳于棼的酒鬼,平时最喜欢做的事情就是坐在庭院中的大槐树下开怀畅饮。某年生日,亲朋好友都来向他祝寿,他一时贪杯,喝得酩酊大醉,待到亲朋好友离去之后,他带着醉意前往槐树下纳凉,不多久就昏昏沉沉进入梦乡。

在梦里,淳于棼突然受到了两个使臣的邀请,前往一个树洞里参加大槐国官员选拔的考试。在连续通过三场考试之后,他竟然获得了第一名,因此得以接受皇帝的召见。皇帝对于淳于棼的才华很欣赏,又觉得他是一个长相出众的美男子,于是在钦点他为状元的同时,将公主赐婚给了他,淳于棼一下子就成了状元郎和驸马爷,成了大槐国的风云人物。

结婚之后不久,皇帝就任命淳于棼为南柯郡太守,负责该郡的日常事务。由于淳于棼勤政爱民,兢兢业业,将属地内调查研究和部署的管理工作做得非常到位,使得南柯郡的政绩非常突出,三十年来,南柯郡都是大槐国的典范。不仅如此,由于同公主非常恩爱,两个人生下了五男二女,生活非常幸福。

皇帝对于淳于棼在任期内的表现非常满意,有心将其调往京城进行提拔,结果南柯郡的百姓不舍得放行,纷纷涌上街头挡住马车,强行挽留。淳于棼非常感动,于是决定留下来,并且上书给皇帝表明继续留任的心迹,皇帝对他更加看重,觉得他是一个非常难得的人才和好官,于是就赏赐了一大堆金银珠宝。

某年,擅萝国派兵入侵大槐国,大槐国由于军事实力略逊一筹,带兵打仗的几位将军几次都吃了败仗。皇帝非常焦急，于是立即召集群臣商量对策，而大臣们毫无办法，听说前线节节败退，大军逼进京城，一个个吓得说不出话来。皇帝对于大臣的懦弱和无能感到非常愤怒，大声斥责了这群养尊处优而毫无能力的官员。

这个时候，宰相想起能力和政绩都很出众的南柯太守淳于棼，于是就向皇帝举荐让他试一试。皇帝也觉得这个办法可行，于是任命淳于棼为大将，统领精锐部队与敌军交战。可是由于敌我军力相差悬殊，大槐国士气衰微，加上不善于领兵打仗，淳于棼吃了一个大败仗，自己又差点儿成了俘虏。

皇帝原本对他寄予厚望，没想到会出现这样的结果，于是下令撤掉淳于棼的一切职务，直接贬为庶民。被遣回老家的淳于棼对于眼前发生的这一切感到羞愧难当，想到自己几十年来一直顺风顺水，却不料在战场上毁掉一世英名，恐怕以后也抬不起头来做人了。想到这里，他悲愤地大叫了一声，却直接从梦中惊醒，他自己仍躺在庭院里的大槐树下。

淳于棼觉得有些可惜，他还没有完全从梦境中走出来，于是就按照梦里的提示寻找大槐国，结果在大槐树下发现了一个蚂蚁洞，里面住着密密麻麻的蚂蚁。

寓言出处

这则寓言出自唐朝李公佐的《南柯太守传》。

寓意感悟

淳于棼经历人生的波折后，最终发现人生不过是一场梦。其实人生何尝不是如此，做人最重要的就是把握当下，活在当下，认认真真将每一天过好，不要有什么虚妄的想法，如果真的有什么想法和目标，也要脚踏实地去追求，将想法付诸实际行动。

画饼充饥

有两个好朋友关系很好,有一天,二弟准备出远门,就向大哥辞行。为了表示敬意,他特意用秫秸秆儿和细米儿扎了一只假的鸡作为礼品送给大哥。来到大哥家里之后,由于大哥不在家,于是他就向大嫂辞行。

"大嫂,我准备出远门,今天特意向大哥辞行,也没有什么好东西送给你们,瓜子不饱是人心,好歹请你们把这只鸡收下吧!"

大嫂一看,心里有些不悦,觉得二弟实在有些小气,但表面上也得装作客客气气的,于是就收下了这只鸡,然后殷勤地说道:"哎呀,二弟,你不用这么客气,每次上门都要让你破费,实在很不好意思。"

接着,她又说道:"二弟,你这次出远门指不定什么时候能回家,既然你今天都来了,那么也别走了,就留下来吃顿便饭。"她招呼二弟坐下,然后在桌子上摆了两副筷子,放上两个碗碟,又去书房拿出笔墨纸砚,磨好墨之后,直接在纸上画了张烙饼。二弟还没明白过来怎么回事,大嫂就催促着说:"兄弟,快趁热吃下这张饼,凉了就不好吃了。"

二弟知道大嫂这是在故意报复自己,但苦于自己失礼在先,于是只好装作没事一样,假装夹着画出来的饼,放在嘴里咀嚼起来。过了一会儿,他放下筷子起身,然后礼貌地说:"大嫂,今天吃得实在太饱了,谢谢您的热情款待,那么我就先走了,回头您和大哥说一声。"

二弟走后不久,大哥从田间务农回家,妻子对他说道:"二弟今天特意向你辞行,还带来了一只鸡。"说着她将那只假的鸡丢了过来,大哥瞧了一会儿,就问妻子:"人家给咱送礼来了,你没留人家吃饭吗?"

妻子解释说自己烙了一张饼给二弟吃，大哥看了一眼纸上画的烙饼，眉毛都皱在一起了，他有些不悦地说："唉，都怪我没有在家中，你看看，就这样一只鸡，你根本不用给他烙这样大的一张饼啊！"

寓言出处

这则寓言出自晋代陈寿的《三国志·魏志·卢毓传》。

寓意感悟

这则寓言主要是说结拜兄弟之间的虚假情意，但现在引申为对空想的执着，寓意是说做人不能耽于幻想和空想之中，不要总是用空想来满足自己的现实需求，要敢于将自己的想法付诸实践，要懂得通过实践活动来落实自己的想法和目标，确保自己将所想的东西变成现实。

赛 跑 定 案

有个老妇人在路上不幸遭遇抢劫，于是就在路上大喊着"抓强盗"。强盗见老妇人大叫，担心引来其他人的注意，于是立即慌慌张张逃跑，但是一个见义勇为的路人见到有人呼救，立即迈开大步追了上去，并且帮助老妇人逮住了强盗，其他人很快围了上来。

强盗抢劫不成，逃跑又被抓，心里又气又怕，于是立即诬陷好心的路人是抢劫犯，由于天色越来越暗，大家难以分清楚谁是强盗，就连老妇人也没有看清强盗的样子，所以只能将路人和强盗带到官府。平阳公苻融听了几个人的说辞之后，给出了一个判断谁是强盗的方法，他说："想要判断谁是强盗并不难，可以让两个人一齐往外跑，那个先跑出凤阳门的肯定不是强盗。"

经过测验，苻融果断拿下了后跑出凤阳门的人，然后非常严肃地说："你才是真的强盗，为什么还要反过来诬陷别人呢？"强盗见无法再继续混淆视听，于是低下头认罪。很多人疑惑为什么苻融会做出这样的判断呢，苻融的想法很简单，如果强盗真的跑得要比路人快，就不会被路人很快追上了，很显然，他跑得要比路人慢，也没能最先跑出凤阳门。

这则寓言出自唐朝房玄龄等所著的《晋书》。

寓意感悟

很多看起来非常困难的事情,有时候通过简单的逻辑推理,就可以寻求一个比较可靠的答案,所以人们更应该对事物的一些特质进行把握,然后通过逻辑推理就可以找出自己想要的答案。

摸钟辨盗

宋朝的陈述古在担任建州浦城的知县时遇到了一桩案子,有一个富人家中失窃,富人报官后,官府抓到了几个犯罪嫌疑人,但就是不清楚谁才是那个盗贼。于是陈述古想了一个办法,他告诉那些犯罪嫌疑人:"附近的庙里有一口神奇的大钟,能够辨别出谁是盗贼,特别灵验。"

陈述古立即派人把那口钟抬到官署后阁,将犯罪嫌疑人全部带到大钟前,然后说道:"那些没有偷东西的人,用手摸这口钟时,它是不会响的,而偷了东西的人一旦摸它,钟就会发出声音。"陈述古率人恭敬地执行了祭祀仪式,然后用帐子把大钟围起来,暗地里命人将墨汁涂在大钟上,之后让犯罪嫌疑人一个个把手伸到帐子内摸钟。等到所有的人都摸完大钟后,陈述古立即让所有人都摊开双手,结果有一个人手上非常干净,显然没有摸过大钟。

陈述古立即进行突击审讯,对方终于承认自己就是盗贼,他因为担心大钟真的能够辨别出自己的身份,于是就不敢用手去摸,最终露馅儿。

寓言出处

这则寓言出自北宋沈括的《梦溪笔谈》。

寓意感悟

对于那些有意掩饰错误的人来说,内心往往会感到非常害怕,正是这种心理使得他们行事非常谨慎和小心,处处遮掩自己,而人们完全可以抓住犯错者的这些心理大做文章,运用心理战术进行突破,确保对方露出破绽。

宋贾买璞

春秋战国时期，宋国有一个叫监止子的富商，为人非常精明与狡猾，还是一个贪婪的商人，买卖东西时从来不肯吃亏，总是想尽办法占他人便宜。有一次，他在集市上相中了一块价值一百两金子的璞玉，非常喜爱，可是同时看中这块璞玉的还有另外一个顾客，两个人互不相让，争着要买下这块璞玉。

眼看着对方没有丝毫让步的意思，监止子故意在争夺璞玉的时候松开了双手，结果玉直接掉在地上摔坏了，这个时候，对方见到破损的玉也就失去了继续争夺的耐心，转身离开。而监止子爽快地拿出了一百两金子，赔给了卖家，自己则拿着破损的璞玉回家。

回到家中后，他找来一个工匠将摔坏的璞玉进行修复，然后将其包装成一块好玉拿出去卖，最终多卖了好几倍的价钱，监止子也因此挣了一大笔钱。

寓言出处

这则寓言出自战国时期韩非的《韩非子·说林下》。

寓意感悟

对于那些奸诈的小人来说，为了达到自己的目的，为了满足自身的私欲，往往会不择手段，甚至故意设下陷阱骗取他人的财物。在面对这些小人的时候，一定要注意保持谨慎，不要轻易相信他们的话。

画 蛇 添 足

春秋战国时期，楚国有一个贵族进行了盛大的祭祖仪式，祭祖完毕之后，他就将祭祀时剩下来的一壶好酒赏给府里的门客。由于府内门客众多，一壶酒显然不够大家分的，为了喝个尽兴，门客们围在一起商量分酒的方法。

这个时候，有个门客提出了一个办法，那就是建议每个人都在地上画一条蛇，谁最先完成画作，那么这壶酒就归谁喝。大家实在想不出更好的办法，于是纷纷点头同意。

在众人之中，有一个门客在绘画方面显然更具天赋，他很快就在地上画出了一条形神兼备的蛇，这个时候他环顾四周，发现其他人还没有画完，有的人甚至连一半也没有画好。他觉得非常骄傲，为了证明自己真的比别人快很多，于是非常得意地说："你们画得好慢啊！且容我再给蛇画几只脚，也不算晚呢！"只见他左手抢过酒壶，右手直接在地上给蛇添了几只脚。画好之后，就准备将酒壶凑到嘴边狂饮，但另一个画好蛇的人将酒壶抢了过去，并且笑着说："你真的见过蛇吗？蛇可是没有脚的，你为什么还要给它画几只脚呢？"大家听了纷纷表示赞同，同意这壶酒归其所有。

而那个最先画好蛇却给蛇添上脚的人，因为多添了几笔而画了一幅错误的画，最终错失了这壶酒。

寓言出处

这则寓言出自西汉刘向的《战国策·齐策二》。

寓意感悟

有时候并不是做得越多越好，做了一些多余的事情，不仅没有任何实际意义，反而会带来很大的负面影响，破坏原有的平衡。由此可见，做人做事还是要依据实际情况，适可而止，对于那些不必要存在或者完全多余的东西，则不要花费精力和时间去做。

愚人食盐

从前，有一个愚蠢的人，到朋友家去做客，主人非常热情地款待了他，还特意请他留下来吃饭。由于主人是个淡口味的人，平时习惯了吃一些清淡的东西，因此菜肴里只放很少的盐，这可难为了愚人，他每一样菜都尝试了几口，觉得味道实在太淡了，根本就难以下咽，所以最后干脆停下了筷子。

主人知道后，意识到是自己的失误，立即往菜肴里添加了一些盐，这个时候愚人再次品尝，发现味道果然鲜美很多，于是食欲大增，吃得非常开心。饭后愚人仍旧在回味这些菜肴的滋味，这个时候他想起了一件事："既然这些菜肴之前没放多少盐，就显得淡而无味，自己几乎要吃吐了，但是加了一点点盐，味道竟然就如此绝妙，那么如果自己再多增加一点盐进去，味道不就会变得更好一些吗？"

想到这儿，愚人回家之后什么也不吃，等到肚子饿了就直接吃盐，结果他并没有从盐中吃出美味来，而且由于长时间吃盐，他的口味变得越来越重，即便是一些味道鲜美的菜肴，他也尝不出好味道了，盐最终成了毁坏他口感的祸害。

寓言出处

这则寓言出自《百句譬喻经》。

寓意感悟

愚人认为盐会促进菜肴的美味，于是就固执地认定盐很美味，因此多加盐或者只吃盐就可以带来更好的口感享受，却不知盐吃多了重口味，使得原来的胃口变坏了。做任何事情都要适可而止，必须把握一个合适的度，一旦过头往往会起到反作用，给自己的行动带来不便，并且会将原有的好事弄得一团糟。

亡羊补牢

楚襄王是战国时非常有名的昏君,在位期间一直荒淫无度,而且对于自己犯下的各种错误始终执迷不悟,当时国内有很多正直且爱国的大臣纷纷进谏,希望楚襄王可以改正自己的缺陷和错误,将精力用在治理国家上。可是楚襄王却觉得大臣们太多事,更觉得他们的忠告像是在挑战自己的权威,为了堵住悠悠之口,他干脆将意见最大的大臣庄辛直接赶出楚国。

这下终于没有人在自己身边说一些逆耳的话,楚襄王变得有恃无恐,没想到几个月之后,强大的秦国趁着楚襄王不理朝政直接发动进攻,结果楚军大败,甚至很快就丢掉了楚都郢。楚襄王眼见国家即将灭亡,后悔当初没有认真听庄辛的话,否则也不至于落到今天这步田地。

为了挽回败局,楚襄王拳拳盛意地派人到赵国请回之前被驱逐出境的庄辛,希望庄辛可以提供一些有建设性的提议。庄辛也没有计较之前的事情,对楚襄王说了这样一句话:"看见兔子之后再放狗去追,其实不算太晚,狗一样可以追上兔子。当羊圈里的羊丢失之后,只要及时补好羊圈上的破洞,那么就不算晚,至少羊圈里的其他羊不会再次丢失。如今国家丢了一点土地也没有什么,商汤和周武王当年仅仅依靠几百里的疆域就实现了统一天下的梦想,楚国如今剩下的国土尚有千里。"庄辛觉得楚襄王真正应该解决的问题是,赶走身边的奸佞小人,认真治理国家,这样也算为时不晚,可以避免被他国吞并的悲惨命运。楚襄王听了这一席话,开始重用庄辛。

寓言出处

这则寓言出自西汉刘向的《战国策·楚策四》。

寓意感悟

这则寓言讲述的是庄辛劝说楚襄王及时改正错误，把治国放在第一位的故事。而这个故事指出了一个基本的做事原则，那就是一旦生活和工作出了问题，应当立即想办法进行补救和止损，争取将损失降到最低，免得以后会继续遭受损失。在现实社会中，每个人都可能会犯错，犯错了并不可怕，只要及时悔改，将错误改正过来，就可以避免出现更大的问题。

守 株 待 兔

　　战国时期，宋国有一个农民每日都坚持在田间劳作，以解决一家老小的温饱问题，日子虽然过得很苦，但是也还能维持下去。有一天，他正在田间劳动，突然发现有一只兔子在树林里狂奔，而且不偏不倚正好撞在树桩上，动弹了几下就死掉了。农民觉得很开心，因为自己什么也没干就捡到了一只撞死的兔子，要知道自己从来没有遇到过这样的事情，实在是非常幸运。

　　将兔子拿回家后，农民非常开心，他打心里不断提醒自己："既然兔子今天撞在了树桩上，那么明天后天难保不会有其他兔子撞在树桩上，或者说这个树桩本身就挡住了兔子的去路，以至于其他兔子还会鲁莽地撞上去。看起来，我以后只要守在树桩旁边就可以等着更多的兔子撞死，这样可比种田轻松多了。"正因为这样想，他第二天没有像往常一样继续在田间劳作，而是把锄头扔在一旁，静悄悄地守在树桩旁边，满心欢喜地盼着会有第二只兔子、第三只兔子撞上来。结果农民一连等了好几天，也没有等到撞树桩的兔子，而田里的作物却被荒废掉了。

寓言出处

　　这则寓言出自战国时期韩非的《韩非子·五蠹》。

寓意感悟

整个故事更多地涉及了偶然性与必然性的问题，或者说是概率问题，很多希望不劳而获的人会存在侥幸心理，将一些偶然间发生的小概率事件，当成大概率的必然性事件来对待，最终常常会在耗费巨大精力和时间的情况下，一无所获，因为偶然发生的事情很有可能不会再次出现。

隋珠弹雀

有个有钱的贵族人家子弟,非常喜欢用弹弓射鸟,平时没事的时候,就会出去打鸟。有一天,他见到高空中有麻雀飞过,于是就想要当众炫耀一下自己打鸟的技术,他从怀里取出弹弓,然后用一颗夜明珠充当射鸟的弹珠。虽然大家都知道这个贵族子弟有着高明的技术,即便麻雀飞到千仞之高,他也一样可以轻松击中目标,可是当贵族子弟信心满满地瞄准麻雀时,围观者纷纷讥笑他。

贵族子弟觉得非常纳闷儿,心里想着:"大家不是应该为我高明的射术而交口称赞吗?难道他们还不认同我的射术,认为我无法打下飞得如此高的麻雀?"他实在想不明白,为什么大家要嘲笑自己的举动呢?其实他不知道,大家所嘲笑的并不是他不会打中千仞高的麻雀,而是嘲笑他使用夜明珠做弹珠。因为一颗夜明珠显然比一只麻雀贵重多了,即便他真的可以打中那么高的麻雀也没有任何意义,毕竟用一颗夜明珠来换一只麻雀,怎么看都是不划算的。

寓言出处

这则寓言出自战国时期庄周的《庄子·让王》。

寓意感悟

这则寓言主要讲述了男子用夜明珠射麻雀而遭到他人讥笑的事情,麻雀根本不值钱,而夜明珠是稀世珍宝,用夜明珠打鸟明显得不偿失,这不是一个聪明人该做的事情。所以,任何时候都要注意让自己的投入和产出成正比,必须保证投入小于产出。

猴子逞能

春秋时期,吴王有一次约上好朋友颜不疑坐大船在江面上游玩,途中大家登上了一座猴山游玩。猴子见到有人上山,纷纷逃跑,躲到丛林中去,但是有一只猴子仍旧站在原地,并没有要逃走的意思。众人开始大声驱赶,猴子就是不逃开,还故意在吴王面前跳来跳去,卖弄自己的灵巧。吴王看了有些生气,作为高高在上的君王,可从来没有遭到这样的挑衅,于是拿起一把弓,对着猴子射了一箭,没想到灵敏的猴子直接将箭给接住了,这一下,猴子变得更加得意扬扬。

见到这样一幕,吴王内心的怒火彻底被激发了,他哪受过这样的气,于是下令左右的侍从一起放箭,很快就将猴子射成了刺猬。就这样,这只目中无人的猴子最终因为自己的过分自信而殒命。猴子死后,吴王回过头对着心高气傲的好友颜不疑说道:"这只该死的猴子在我面前卖弄自己的灵巧,依靠着自身的敏捷在我面前表现得如此目中无人,以致被我射杀了。我希望你能够引以为戒,不要仗着自己的地位去他人面前炫耀,以免招来横祸。"

颜不疑听了这番话,背上直冒冷汗,意识到自己平时的高傲表现已经让吴王感到不满了,于是很快接受了吴王的建议。回家之后,颜不疑立即拜贤士董梧为师,跟着老师学习,改掉自己身上的傲气。不仅如此,他开始主动远离以前的享乐生活,放弃了原有的尊贵地位,结果仅仅三年时间就成了人人称颂的名士。

寓言出处

这则寓言出自战国时期庄周的《庄子·徐无鬼》。

寓意感悟

故事讲述了吴王通过射杀目中无人的猴子来警告颜不疑要保持低调，这种政治警告所传达出来的意思其实具有很普遍的教育意义，因为在生活中，很多人喜欢卖弄自己的能力，高调地展示自我，而这种高调的行为往往容易引起周围人的故意打压。其实，一个真正聪明的人善于藏拙，懂得低调地隐藏自己，降低他人的防备心，为自己营造一个安全的生存环境。

猩猩嗜酒

猩猩是一种喜欢喝酒的动物，于是一些生活在山下的人经常会用酒来诱捕猩猩，他们会故意在山上摆着装满甜酒的酒壶，又放着大大小小的酒杯，并且特意编织了许多草鞋，把它们一同放在道路旁边。聪明的猩猩知道这些不过是人类引诱自己的诱饵，而且就连设计圈套的人的姓名以及父母祖先的名字都知道，因此每一次见到有这样的陷阱，就会站在不远处叫骂这些人的名字。

可是叫骂之后，有一些猩猩突然对同伴说："为什么不去品尝一点酒呢？看起来很不错呢！不过还是要小心一点，千万不能多喝。"其他猩猩觉得有道理，于是跑过去拿起小杯子自斟自饮起来。喝完之后，又继续开骂，并且将小酒杯丢掉。可是过了没一会儿，猩猩又按捺不住喝酒的冲动，跑过去捡起更大的酒杯喝酒，喝完了扔掉大杯子，又是一顿臭骂。

就这样重复多次之后，猩猩被嘴里的美酒彻底诱惑了，于是酒瘾越来越大，最终拿起最大的酒杯狂饮，完全忘记了这是圈套，忘记了自己会喝醉。等到后来，猩猩们都喝得醉醺醺的，而且挤眉弄眼地相互嬉笑玩耍，并且肆无忌惮地穿上了草鞋。就在此时，山脚下的人们追了上来，而猩猩们脚下的草鞋由于连在一起，跌跌撞撞地全部摔倒在地，结果全部被人类活捉。

猩猩虽然非常聪明，能够识别出人类的陷阱，但是因为贪婪，最终还是免不了被捕被杀的命运。

寓言出处

这则寓言出自明代文学家刘元卿的《贤奕编·警喻》。

寓意感悟

很多时候，如果明知道一件事情不能去做，明知道这件事情有危险，仍旧无法克制自己的贪婪之心去尝试，那么最终会遭遇巨大的危机。贪婪是最难以纠正的恶习之一，但也是最需要克制和纠正的恶习之一。

自 相 矛 盾

战国时期，楚国有一个商贩在大街上售卖矛和盾，他先举起手中的盾牌，告诉围观者这是由特殊材料制成的盾，质地非常坚硬，可以抵御住任何尖锐物的攻击，什么刀枪棍棒都不在话下，他还故意夸下海口："我可以向你们保证世界上没有任何一支矛可以刺破这个盾牌。"人群中爆发了热烈的掌声，大家一方面都在称赞楚国商贩的好口才，一方面则对盾牌产生了浓厚的兴趣。

接下来，楚国商贩又拿来了一支长矛，矛尖闪着寒光，看起来非常锐利，商贩又指着长矛说道："你们再看看我手中的这支矛，毫不夸张地说，世界上大概没有什么东西比它更加锐利了，即便是世界上最坚硬的盾牌，也难以抵挡住它锋利的矛尖，它可以轻松刺破任何一个盾牌。"众人又啧啧称奇。

就在这个时候，有些明白人就站出来说："既然你刚才说你的盾牌是世界上最坚固的，可以抵挡住任何长矛的攻击，而现在又说自己的长矛是世界上最锋利的，可以刺破任何一个盾牌，那么我就想请你用自己的长矛去刺你的盾牌，看看会发生什么。"

楚国商贩万万没有想到对方会提出这样的问题，愣在那里半天不说话，因为无论是长矛刺破盾牌，还是盾牌抵挡住了长矛的攻击，都与之前的承诺相违背。此时人群中发出了一阵哄笑，很显然，大家都知道一个基本道理：这个世界上是不可能同时存在刺穿一切盾牌的长矛和无法被刺穿的盾牌的。

寓言出处

这则寓言出自战国时期韩非的《韩非子·难一》。

寓意感悟

自相矛盾并不是哲学意义上的那种普遍矛盾,而是一种逻辑上的前后不搭。这则寓言所阐述的价值观就是,人们无论做人还是做事,一定要保持逻辑上的一致性,想法与行动、原因与目的、方法与结果都必须保持一致,这样才能把所有的事情理顺,也才能避免出现"给自己挖坑"的情况。

三 纸 无 驴

从前，有一个自以为才学很高且喜欢卖弄才华的书生，平时经常刻意在他人面前炫耀自己的文采，写一些空洞而没有价值的文章。大家都知道他有很强的虚荣心，还有些自以为是，所以表面上都称呼他为"博士"，他听了非常高兴，并没有觉得这是讽刺。

有一天，他家里买了一头驴，按照当地的风俗习惯，买主在完成交易的时候应该写一张买卖契约给卖驴的人，如果买家不识字，也一定要请个识字的人来代写。书生读过几年书，又会写一些文章，应付一张买卖契约根本不在话下，所以他当即取出笔墨纸砚，然后就摇头晃脑思考起自己要写点什么。

到底是读过书的人，没一会儿工夫，书生就写了满满一大张纸，卖驴的人正准备取来看看，没想到书生还要接着写，所以卖驴的人只好继续在一旁等待。当第二张纸写满之后，书生还没有停下来的意思，卖驴的人也见过别人写这类契约，哪有这么烦琐的，于是忍不住催促对方写快点。书生只顾着写，根本不理会卖驴的人。

当书生写好第三张纸时，还没有收笔的意思，眼看着天色已经黑下来了，卖驴的人实在忍受不了了，直接提高嗓门儿提醒书生少写几句，赶紧写完契约，自己也好早点回家。书生听了就不乐意了，他非常生气地指着对方的鼻子骂道："你这个不懂文学的粗俗之辈，着什么急，我马上就要写到'驴'字了，怎么能够草草结束呢？"

卖驴的人听了几乎傻眼了，想不到这个书生洋洋洒洒写了三大张的纸，竟然连"驴"字也没有提到，看来这个书生也是徒有其名，花了半天时间也只是写了一大堆与驴无关的废话而已。

寓言出处

这则寓言出自南北朝颜之推的《颜氏家训·勉学》。

寓意感悟

在生活中，有很多这样的人，他们在写文章或者说话时，往往显得冗长啰唆，让人难以忍受。其实真正善于写文章和说话的人，往往注意语言的简洁性，三两句话就可以切入正题，并表达出自己的想法。

假阶救火

赵国有一个叫成阳堪的人,家里非常富足,还盖起了一栋高楼,为邻里所羡慕。某一次,家里突遭大火,眼看着火势越来越猛,成阳堪意识到想要尽快灭火就必须站在高处,从楼顶开始灭火,可惜家里没有那么高的梯子,于是就赶紧叫来儿子,让他去邻居奔水氏家里借一个高梯。

成阳堪的儿子读过几年书,是一个儒生,但是为人有些迂腐,平时为人处世都严格按照读书人的规格行事,缺乏灵活变通的能力。儒生知道平时出门必须注意形象,更何况是登门借东西,于是就不慌不忙地在家里精心装扮了一番,穿上体面的衣服,戴上漂亮的帽子,才从容不迫地出门。

赶到奔水氏家里时,他先向主人家作揖,行一个大礼,主人家见他如此懂礼数,也回了一个礼,接着两个人谦让了好一会儿,他才不慌不忙地进门。进门之后,未免唐突,儒生始终没有开口谈论借梯子的事情,主人家又殷勤好客,于是就张罗了一桌饭菜热情款待了他。席间,两个人觥筹交错,谈论了很多不相干的话题,而儒生一直表现得彬彬有礼,让主人家连连称赞。

直到吃完饭,儒生才有条有理地说出了登门来访的原因:"今天本是一个好日子,奈何老天爷突然降祸于我家,家里的房子不知为何着火,火势实在太大,想要扑灭必须搬来梯子登上高处灭火才行,只可惜我家里没有高梯,只能看着大火肆虐而无可奈何,听说您家中有登高的梯子,不知能否借我家用一下?"

主人家听他说完之后,几乎傻了眼,借梯子救火是一件如此紧急的事,这个迂腐之人竟然不早早告知自己，慢悠悠地等到散席才开口，实在是迂腐到极点了，于是他立即催促对方搬梯子回家救火。等到儒生扛着梯子急匆匆赶回家时，显然已经太晚了，家里的房子此时完全燃烧成了一堆灰烬。

寓言出处

这则寓言出自明朝宋濂的《燕书》。

寓意感悟

生活中有很多迂腐之人，往往会关注一些无关痛痒的小事和细节，对于那些关键性事件和影响巨大的大事，反而表现出拖沓的状态，可以说他们对于生活缺乏明确的、高效的规划，遇事更由着自己的性子，常常会因为一些小事而耽误了真正的大事。

赵人乞猫

有一个赵国人家里发生了严重的鼠患，粮食、衣服、墙壁、家具都被老鼠啃坏了，于是赵国人就急匆匆赶往中山去找猫，希望猫可以缓解和消除家里的鼠患。中山人把猫交给他之后，赵人很快将其养在家里，结果没几日就发现家里的老鼠少了很多，也不像以往那样猖獗了。一个月之后，老鼠变得越来越少，赵人对猫非常满意。可唯一不好的就是，这只猫不仅喜欢捕捉老鼠，而且还喜欢捕杀家里养的鸡，才短短一个月，就将家里的鸡全部捕杀吃掉了。

赵人的儿子非常担心，认为这只猫继续待在家里的话，以后家里就没有办法养鸡了，因为猫还会吃掉鸡，所以他请求父亲将猫赶走。赵人连连摇头，他语重心长地对儿子说道："这你就不懂了，我怕的是家里闹鼠灾，有没有鸡我并不害怕。你想想看，前一阵子鼠患严重，家里的粮食被老鼠吃掉了，衣服被老鼠撕咬出一个个破洞，墙壁被老鼠打穿，就连家里使用的家具也被老鼠啃坏了，再这样下去，一家人就会陷入饥寒交迫的悲惨境地，这样的结局不是明显比家里没有鸡更坏吗？家里没有鸡，我们大不了不吃鸡肉，距离饥寒交迫的日子还远着呢，既然如此，为什么还要将猫赶走呢？"儿子听了觉得很有道理，于是就放弃了赶走猫的念头。

这则寓言出自明朝刘伯温的《郁离子》。

寓意感悟

　　世界上没有任何选择是十全十美的，任何一件事情、任何一个选择都存在两面性，既有好的一面，也存在不好的一面，人们不能因为事情会产生负面影响就否定那些积极正面的影响，也不能因为会产生积极影响就忽略那些负面影响，做人还是要懂得权衡利弊，在好与坏之间进行对比，看看利大于弊，还是弊大于利，然后做出一个最佳的选择，绝对不能因小失大。

河崖之蛇

有一条大蛇居住在黄河边上，隐藏在禹门的岩石中，大蛇非常贪婪，总是想要捕捉河里面的鱼和鳖充饥，因此每天都会将尾巴缠在悬崖边的树上，倒挂着捕食水里的动物。每次享用完美食之后，它又心满意足地回到洞穴。

过了几年，蛇的胃口越来越大，也变得越来越贪婪，它依旧倒挂在树上捕食，但是吃饱之后不愿意离开，每天就挂在树上。它觉得这样挺好，还省去了回家的时间。由于长久挂在树上，加上蛇越来越重，捕食时上上下下运动，就像弓箭的拉伸一样，这些无疑加重了树的负担。终于在某一天，树被折断了，而树上的蛇自然也落入水中。

几天之后，人们在水里发现了浮上水面的蛇，这个时候，它已经变成了一具尸体，人们也搞不清楚它是因为贪吃落水而被水淹死的，还是被水里的怪物拉下水淹死的。有人因此认为蛇的遭遇是不可避免的，假如蛇是因为贪恋水里的猎物，那么它总有一天会落水，这并非偶然事件。假如蛇是被怪物拉下水的，那么也只能证明蛇平时坏事做得太多，最终难逃他人的报复。无论是什么原因，蛇的遭遇似乎都是必然的。

寓言出处

这则寓言出自明代理学家薛瑄的《敬轩薛先生文集》。

寓意感悟

做人要懂得克制自己的欲望，要注意自己的言行，平时最好谨言慎行，善待周边的人，同时保持低调谦和的姿态，这样才能为自己的人生铺路，避免遭遇各种打击和报复。

农夫耕田

有个农民在田里耕种了大半天，累得气喘吁吁，几乎是喘几口气以后才挥一下锄头。有个路人见到农夫这种耕地方式，觉得对方很懒，于是忍不住讥笑道："你这个农夫真是太懒了，像你这样喘几口气才挥一下锄头，恐怕整整一个月也耕不完这块田。"农夫笑着说："我也不知道用什么更好的方法来耕地，你看起来是个行家，那么可以向我示范一下正确的耕地方法吗？"

路人二话不说就脱下衣服，径直走到田里立即挥动锄头忙活起来，为了提升耕地的效率，路人喘一口气就连挥几下锄头，而且每一次挥锄头都用尽全身的力气。结果过了没一会儿，他就累得气喘吁吁，浑身都被汗水湿透了，整个人瘫软在地里，一句话也说不出来。过了好久，他才缓过来，然后羞愧地说："我到了今天，才知道耕地原来真的很不容易。"

这个时候，农夫说道："不是耕地困难，而是你耕地的方法错了！其实人在处理事情时往往也是这样，经常刻意追求速度，结果反而达不到预期的目的。"听了农夫的话，路人心悦诚服地离开了。

寓言出处

这则寓言出自明朝张翀的《浑然子》。

寓意感悟

做事情要掌握正确的方法和节奏，要注意控制好做事情的速度，不能盲目追求速度而忽略了做事的方法，过度追求速度的人往往会导致事情的发展失去控制，最终反而难以达到预期的目标。

一钱莫救

有个人是远近闻名的吝啬鬼,平时把钱看得比什么都重要,遇到要花钱的事,总是表现得很抠门。有一次,这个人外出,在渡河时发现河水暴涨,自己不得不花钱坐船过河,他有些不情愿,于是就冒险涉水过河。结果刚走到河中间,就被湍急的河水冲倒了,而且被河水往下游冲了半里路那么远。

他的儿子在岸上看见落水的父亲,心里非常着急,于是立即找到了船家,希望对方可以划船去救父亲,但是船夫开出了一钱的报酬,只要对方肯出一钱,那么船夫立即划着船去河里救人。没想到吝啬鬼的儿子也很吝啬,只同意出五分钱,结果两个人在岸边为价钱争执了起来,半天也没有谈拢。而正在河里挣扎的吝啬鬼,在性命都快保不住的情况下,仍旧朝着儿子大声呼喊:"儿子,儿子,你听好了,他要五分钱就来救我,要一钱的话就不要来救我了。"

寓言出处

这则寓言出自明朝冯梦龙的《广笑府·贪吞》。

寓意感悟

这则寓言讽刺了那些把钱财看得比生命还要重要的人,这些人对于人生、对于生命缺乏足够的尊重,根本没有树立一个正确的价值观,他们把钱看得太重,最终会葬身于钱财之中。

贾人渡河

很早以前，济水的南面住着一个非常精明的商人，有一次渡河时，不慎从船上落到了河里，好在水中还有一点浮草，他紧紧抓住浮草，然后大喊"救命"。有一个渔夫听到了叫喊声，于是划着船赶了过去。

船还没有靠近，商人就大声号叫："我是济水这一带的大富翁，如果你能够救我性命，我就给你一百两黄金作为报酬。"渔夫二话不说，就将商人捞上船，可这个时候商人却反悔了，他只愿意给十两黄金作为报酬。渔夫有些生气，他对商人说道："刚才在水中您可是亲口说给我一百两金子的，现在却只给十两，这样做也太不讲信用了吧！"

商人听了很不乐意，于是反问道："你说你一个打鱼的，一天能有多少收入？突然之间得到了十两金子，竟然还不知足？"渔夫无话可说，拿了钱非常失望地离开了。

后来有一天，商人乘船顺着吕梁湖而下，结果船触碰到了水底的礁石而沉没，商人再一次落水，大叫着"救命"。此时原先救过他的那个渔夫就在那里，但他并没有将船划过去救人。这个时候，有人问渔夫为什么不去救人呢，渔夫非常生气地说："这个人曾答应给我一百两金子作为报酬，最后却没有兑现承诺，根本不讲信用。"

这个时候，渔夫撑着船靠岸，然后远远看着那位商人在水中挣扎，最终慢慢沉入水底被淹死了。

寓言出处

这则寓言出自明朝刘伯温的《郁离子》。

寓意感悟

做人应当言而有信，既然对别人做出了承诺，那么就要在行动上践行自己的诺言，在结果上兑现自己的诺言，如果言而无信，随意违背自己的承诺，那么个人的信誉也将变得一文不值，别人也不再愿意相信他。

二叟钓鱼

有两位老人各自蹲在一块石头上钓鱼，其中老人甲轻易就钓到了很多鱼，但是老人乙忙活了一整天，一条鱼也没有钓到。见到两人之间的差距这么大，乙有些生气地扔下了渔竿，然后非常沮丧地问甲："你倒是说说看，我们两个人使用的鱼饵是一样的，钓鱼的地方也是一样的，为什么你钓到了那么多的鱼，而我一无所获呢？"

甲这个时候说出了其中的原因："当我开始下钩的时候，就进入了这样的一种状态，那就是只知道自己的存在而没有考虑是不是有鱼的存在，因此在整个钓鱼的过程中，我连眼睛也没有眨动一下，神色也没有任何细微的变化。在这种情况下，鱼由于没有发现周围环境出现任何变化，就渐渐地将我遗忘和忽略了，这个时候放下戒备的鱼自然就容易上钩。而你一整天都在关心自己能不能钓到鱼，眼睛始终盯着水里的鱼看，神色忽然放松又忽然紧张，如此频繁地变化，自然容易被鱼捕捉到，因此它们非常谨慎地远离鱼钩，这样一来，你哪还能够钓到鱼呢？"

乙听了若有所思，于是按照甲提供的方法重新钓鱼，结果没一会儿工夫就钓到了好几条鱼，这个时候他忍不住感叹说："看来，钓鱼也需要掌握技巧和规律啊！"

这则寓言出自宋代文学家林昉的《钓鱼记》。

寓意感悟

　　做人要保持平常心，遇事要冷静、从容、淡定，不要急于求成，不要心浮气躁，更不要强求自己想要的东西。一个人对外事外物看得越开，越容易心想事成；而当一个人过分在意某个结果时，结果反而往往不尽如人意。

诈言马死

从前有一个人骑着一匹黑马上战场与敌人作战,由于担心自己会死在战场上,他便不敢继续战斗了。为了逃脱敌人的追杀,他干脆将死人的血涂抹在自己的脸上,然后躺在死人堆里装死。由于伪装得很巧妙,这个人总算逃过一劫,但是他的马却被其他人夺走了。

当战事结束之后,军队也离开了,他就想着立刻逃回家中,为了证明自己真的参加过战斗,他就在战场上将一匹死掉的白马的尾巴截断了,然后带着马尾巴回到了家乡。到了家,果然有人问他:"你打仗了是吧,你骑的那匹马去了哪儿,现在为什么没有骑回家啊?"这个人故意假装伤感地说道:"我的马在战场上不幸战死,于是只好拿了马尾巴回家。"

正当他为自己撒的谎沾沾自喜时,有人笑着说:"不会吧,你的马原本不是黑色的吗,怎么尾巴又是白色的?"他羞愧得无地自容,只能站在那儿默不作声,而其他人也跟着哄笑起来。

寓言出处

这则寓言出自《百句譬喻经》。

寓意感悟

做错事情就一定要坦白承认自己的过错,不要觉得别人不知道就试图隐瞒和掩饰,越是遮遮掩掩,越是欺骗他人,就越是容易导致错误扩大,并且让自己下不了台。

兄弟争雁

从前，有兄弟两人抬头看见一只正在飞翔的大雁，大哥就取来弓箭，准备拉弓把它射下来，然后对着身旁的弟弟说道："等我把这只大雁射下来，我们就拿回去煮着吃。"弟弟立即表示反对，他给出了自己的理由："只有那些栖息不动的大雁才适合煮着吃，对于那些飞翔的大雁来说，最适合烤着吃。"

大哥摇摇头，对弟弟的话不敢苟同，他坚持认为煮着吃才是最好的，味道也最鲜美。而弟弟又始终觉得烤着吃飞翔的大雁才合理，他觉得大哥不懂得如何烹饪大雁，只会浪费这种美味。就这样，两个人互不相让，一直吵到社伯那儿。社伯见兄弟两人各执一词，谁也无法说服对方，于是提了一个折中的方案，他建议兄弟二人先把大雁剖开，然后一半煮着吃，一半烤着吃。兄弟两人觉得这个方案最好，这样一来两个人都可以按照自己喜欢的烹饪方式吃大雁，于是兴高采烈地返回去射大雁，却不知此时的大雁早就飞得无影无踪了，兄弟两人因为辩论大雁的吃法而白白浪费了最佳的射雁时机。

寓言出处

这则寓言出自明朝刘元卿的《应谐录》。

寓意感悟

做人应该分清主次，要分清轻重缓急，要对不同事物进行合理规划，确保所有的事情可以在不同阶段得到妥善安排。如果没有规划，那么就无法在正确合理的时机上做事，事情自然也会变得一团糟。

斗牛而废耕

卫国国君卫懿公非常喜欢动物,尤其喜欢斗牛,为了迎合卫懿公的兴趣,许多人都开始饲养斗牛。卫懿公很高兴,给那些专门为他养牛放牛的人很丰厚的俸禄,这些俸禄和普通官员一样多。

由于养斗牛的人越来越多,大臣宁子有些忧心忡忡,他规劝卫懿公:"您不能这样,毕竟牛的主要用途在耕田,而不是用来斗牛,如果田里的牛都变成斗牛了,那么国家的耕地就会荒废掉。农耕一直都是国家存在和发展的根本,怎么可以轻易就荒废掉呢?我听到许多圣贤人的话,他们都在说当官的人不应当为了私欲而妨碍百姓的生活。"

卫懿公对于宁子的规劝很不高兴,觉得对方有些小题大做了,因此并没有听进去。正因为卫懿公的一意孤行,卫国的养牛者都纷纷饲养斗牛,这些牛的价格比耕牛的价格高出十倍,以至于农耕都被荒废了,大家把精力放在训练斗牛的技巧上,地方管理农业的官员根本没有能力禁止。

寓言出处

这则寓言出自明朝刘伯温的《郁离子》。

寓意感悟

放弃某种东西最重要的职能和价值,转而追求一些无关紧要的功用,无异于舍本逐末,这样会导致这种东西的最大价值被浪费掉,并造成不可估量的损害。

愚公移山

在冀州的南边、黄河的北边,分别矗立着两座巍峨的大山,一座名为太行山,另一座是王屋山,两座山高达七八千丈,绵延七百多里。正是因为两座大山,使得居住在大山附近的人不得不绕远路出行。

北山就住着一位叫愚公的人,年纪将近九十岁,世世代代都面对着山居住,由于大山的阻隔,一家人出行要绕很远的路,这样就给家人的生活带来很大的不便。有一天愚公将家人全部聚集在一起,然后说出自己考虑了很久的想法:"我准备叫上你们一起尽力铲平这两座高山,这样一来,我们面前的道路就可以直接通往豫州的南部,到达汉水南岸,不知道你们同不同意这个想法?"考虑到愚公在家族中的地位,大家都纷纷表示赞成。

此时,愚公的妻子面露难色,她提出了疑问:"凭你的力量,连魁父这样的小山都不能铲平,又如何能把太行、王屋这两座山挖空呢?而且挖山产生的大量土石,你又准备放到哪里去呢?"有人站出来回答说:"那些土石可以直接扔到渤海边,堆在隐土的北面。"愚公的妻子不再说话。

就这样,愚公很快就带领全家老小上阵挖山,愚公给子孙中气力最好的三个人安排了任务,让他们凿石掘土,然后用箕畚装满运到渤海的边上。大家热火朝天地挖着山,连邻居家七八岁的孩童也蹦蹦跳跳地赶来帮忙。由于距离渤海边非常遥远,每次来回一次都要半年。

愚公挖山的事情很快就在附近传开了,有人表示赞同,有人表示同情,也有人站出来嘲笑,河曲的智叟就是其中的代表,这个自以为聪明的老人直接讥讽愚公:"你都那么大岁数了,还要做这样的事,实在不够聪明。你也不想想，凭你的岁数和力量，恐怕连山上的一棵树也移不走，还想把大山上的土石弄走，简直就是天方夜谭。"

面对智叟泼冷水，愚公没有气馁，反唇相讥道："你自认为很聪明，其实不过是一个思想顽固到不可改变的地步的人，你的思想觉悟还比不上邻家的寡妇和孤儿呢。你只知道我力量有限，年岁无多，却不知道我还有儿子，不知道我儿子还会生下孙子，孙子又会生下儿子，孙子的儿子还会继续生育下一代，这样来看，子子孙孙会一直不间断地繁衍下去，这是延绵不断的劳动力。而高山并不会增加高度，只要一直挖下去，哪有挖不完的道理？"智叟听了，实在找不出辩驳的理由，只好闭上了嘴巴。

有位山神听说了这件事，担心愚公真的会一直挖下去，就向掌管一切的天帝报告了这件事。天帝听了非常感动，觉得愚公是一个有魄力且执着的人，于是就命令大力神夸娥氏的两个儿子下界，将两座大山背在身上移走了，其中一座放在朔东，另一座放在雍南。在那之后，从冀州的南部一直到汉水南岸就畅通无阻，再也没有任何高山从中阻隔了。

寓言出处

这则寓言出自战国时期列御寇的《列子·汤问》。

寓意感悟

愚公在一定程度上就是中国奋斗者的象征，可以说，中华民族的进步、中华民族的伟大复兴，都离不开一批又一批的"愚公"。愚公移山所体现的就是一种中华民族的奋斗精神，它代表了一种希望、一种乐观、一种坚持不懈的精神，可以帮助人们克服各种各样的困难。

越 人 溺 鼠

有个越国人发现家里的粮食经常被老鼠偷吃,自己设计了很多方法来捕捉老鼠,可是狡猾且谨慎的老鼠每一次都得以顺利逃脱。为了抓住这些老鼠,越国人改变了计策,不再像过去那样,直接追着老鼠打,而是设计了一个腹大口小的容器,然后往里面倒入粮食,当老鼠进入里面吃粮食的时候,如果吃得太饱的话,想要从容器口钻出来就会有一定的困难。越国人想着放任老鼠饱餐之后,突然盖上容器口,这样就可以直接将行动不便的老鼠堵在里面。

想法虽然很好,但他还是低估了老鼠的智商,狡猾的老鼠每一次都呼唤其他老鼠一起进入容器,饱餐之后还可以顺利逃走,而越国人连续好几个晚上都扑了空。到了月底,眼看着容器里的粮食越来越少,越国人显得有些焦急不安,如果粮食被吃完了,老鼠就不会再次光顾,或者自己还要装入新的粮食来引诱老鼠,这明显不是一个好方法。

一个朋友得知了他的苦恼,于是给他出了一个主意:将容器里的粮食倒出来,然后直接倒入很多水,接着在水里倒上一些糠皮,这样糠皮就会覆盖在水面上,老鼠根本无法察觉到容器里面的水。越国人听从了这个建议,设计了一个新的陷阱,到了晚上,老鼠果然又来了,它们同往常一样,大摇大摆跳入容器中,结果很快落入水中。由于容器口很小,而容器内壁沾了水,变得非常光滑,老鼠根本无法逃出来,最终挣扎着淹死在水中。依靠这种方法,越国人顺利消灭了家里的老鼠。

寓言出处

这则寓言出自明朝宋濂的《燕书》。

寓意感悟

贪婪是危害最大的一种欲望，想要对付自己的敌人，有时候就要善于激发他们的贪欲，然后通过满足这种贪婪之心来麻痹对方，巧妙地引诱对方犯错。反过来说，那些贪婪的人应该注意自我节制，否则总有一天会在现实的各种诱惑中落入陷阱。

鲁人好钓

鲁国有个人非常喜欢钓鱼，几乎每天都会去江边垂钓，而且为了彰显自己的排场，为了提升钓鱼的效率，他特意将自己的钓具进行了包装。比如很多钓鱼的人喜欢捏面粉团充当钓饵，或者用蚂蚱、蚯蚓之类的小虫子作为诱饵，而鲁国人却不一样，他直接购买了上好的香料来充当鱼的诱饵。

别的钓鱼者都是用铁钩子当钓钩，而鲁国人选择用黄金打造了鱼钩，鱼钩上还特意镶嵌着雪亮的银丝和碧绿的宝石作为装饰，可以说是非常高规格的鱼钩了。至于渔竿上所用的渔线也非常讲究，都是用翡翠鸟的羽毛一根根捻成细线制成的，可以说非常贵重。为了钓到更多的鱼，他还专门对钓鱼的位置和钓鱼的姿势进行研究，花费很长时间挑选了一处好的钓鱼场所，然后认真排练了自己的姿势。

做了这么多的准备工作，鲁国人却发现自己从江里钓上来的鱼寥寥无几，远远比不上那些用普通渔竿钓鱼的人。为此他感到非常沮丧和疑惑，不知道鱼为什么看不上自己的鱼钩。其实对于那些真正懂得钓鱼的人来说，钓鱼并不是为了追求华美的装饰，那些装饰漂亮的渔竿不一定就能够钓上鱼来，钓鱼需要更好的耐心和技巧。

这则寓言出自《阙子》。

寓意感悟

　　做事情的时候，很多人只看重做好表面功夫，只看重一些好听的口号，却没有想过办事的能力才是最重要的，仅仅依靠一些浮夸的外在表现，依靠一些绘声绘色的言语，是难以把事情做好的，如果不注意提升自己的能力，那么最终也无法将事情做到位。

南辕北辙

战国时期,魏王一直想要攻打赵国,大臣们劝也劝不住,季梁知道后主动去游说,见面后,季梁没有直接批评魏王的不是,而是讲了一个小故事。有一天,季梁遇到一个路人着急赶路,于是询问对方去哪里,对方回答说自己准备从魏国前往楚国。魏国位于山西、河南、河北这一带的北方地区,而楚国在长江流域所在的南方地区,按道理来说,行路者应该从北方一直往南走,对方却驾着马车一直往北走。季梁非常疑惑地说:"您不是说要前往楚国吗?怎么还一直往北走呢?"行路者非常自豪地说:"这没有什么,我的马可是最上等的宝马,跑得非常快。"

季梁更疑惑了,忍不住再次提醒:"我也看出来了,您的马的确是不可多得的好马,可问题是您真的走错方向了,往北可不是前往楚国的路。"行路者并不急于反驳,仍旧不慌不忙地说:"放心吧,我还有充足的路费,我知道该怎么做,我也会到达目的地的。"季梁感到有些无语,他有些着急地说道:"我知道您的路费很充足,可以去很远的地方,但往北并不能够到达楚国,您的钱再多,也到不了楚国啊。"

行路者继续提出自己的理由:"是吗?可我的马夫是最好的,他的驾车技术少有人能够比得上,有他在,我非常放心。"季梁听了这话就要崩溃了,他意识到对方几乎无药可救,也就不想继续劝说了,于是自言自语地说道:"你的这些硬件条件越好,那么注定了离楚国越来越远。"很显然,在他看来,马跑得越快,路费越充足,马夫的驾车技术越出色,那么马车跑的速度就越快,离南方的楚国自然也就越来越远。

季梁说完这个故事之后，将其引入两个人的话题当中："如今大王的每一个行动都想建立霸业，每一个行动都想在天下取得威信；然而倚仗魏国的强大、军队的精良而去攻打邯郸，以使土地扩展，名分尊贵，大王这样的行动越多，距离大王的事业无疑是越来越远，这不是和那位想到楚国去却向北走的人一样吗？"

寓言出处

这则寓言出自西汉刘向的《战国策·魏策四》。

寓意感悟

当一个人前进的方向错了，那么他前进道路上获得的助力越多，距离目标就会越远，因为方向错了，所有的努力都会助长这种错误继续放大。所以，个人的行动方向与行动目标应该保持一致，这样才能避免越错越离谱。

惊弓之鸟

战国时期，魏国著名的箭术大师更羸与魏王在高大的台下交谈，这个时候，两个人抬头看见不时有飞鸟飞过，更羸笑着对魏王说："待我取一张弓来，我可以不用箭就能把天上飞着的鸟射下来。"魏王从来没有听说过不用箭还能把飞着的鸟射下来的事，满腹疑惑地看着更羸说："老实说，我不太相信你说的话，难道是我孤陋寡闻，不知道世界上还存在如此高超的射箭技术？"更羸斩钉截铁地回答说："我就可以。"

过了一会儿，有一只大雁慢悠悠地从东方飞来，只见更羸这时用左手托着弓，用右手拉着弦，弦上也不搭箭。他面对着这只雁拉满了弓，只听得"当"的一声响，那只掉了队正飞着的大雁便应声从半空中掉了下来。魏王既惊讶又佩服，自言自语道："看起来，箭术似乎真的可以达到这种神乎其技的地步！"

更羸并没有将自己的箭术描述得神乎其神，而是非常坦诚地说道："我之所以不用箭就可以射下大雁，只不过是因为这是一只受伤的大雁。"魏王听得云里雾里，他忍不住好奇地问："你怎么知道这只大雁受伤了？"更羸解释说："你看，它刚才在空中飞得很慢，显然是因为旧伤发作，鸣叫声还那么凄厉，无疑是脱离了大雁群的表现，这样孤单飞翔的大雁无疑会非常惊恐，我在下面搭弓射箭，只要弓弦声响起，大雁必定惊恐地用力往上飞，这样就会导致伤口撕裂，从而无法继续飞行，并直接从天上掉落。"

听完这一番话，魏王对更羸的聪明才智和观察力佩服得五体投地。

寓言出处

这则寓言出自西汉刘向的《战国策·楚策四》。

寓意感悟

心理战往往才是最好的克敌策略，只要把握住对方的惊恐心理进行施压，就可以占据博弈制高点，以最小的代价赢得最大的利益。此外，惊恐的大雁也代表了那些疑神疑鬼的人，他们做事往往过度小心，不能心安理得地面对突发状况，从而会做出一些过度反应。

对牛弹琴

公明仪是战国时代著名的琴师，他在七弦琴方面的造诣颇深，是当时非常有名的人物。作为一个能够作曲，也能够演奏的音乐家，公明仪不仅善于通过演奏与人交流，同时也善于利用音乐来吸引动物的注意。

有一次，他带着琴到郊外弹奏，由于天气晴朗，郊区的风景也很美，公明仪兴致勃勃地弹奏了一首名叫《清角》的琴曲。他弹得非常入迷，几乎连自己也被打动了，但让他感到奇怪的是，郊外的几头牛一直都在低着头吃草，完全不理会公明仪的琴声，就好像没听见任何声音一样。

如此优美的琴声居然被牛直接忽视，这让公明仪感到有些失落，但他突然意识到牛与人不同，人之所以喜欢听自己弹琴，是因为人有着很高的审美情趣，能够听懂琴声中所传达出来的意思，以及感受到乐曲中的美。而对于牛来说，它并没有建立起这种美的趣味体系，也感知不到其中的美。

想到这里，公明仪忍不住笑自己迂腐，转而更换了曲调和曲风，他依靠着高超的琴艺，先弹奏了一群蚊虻的嗡嗡声，声音惟妙惟肖，仿佛真的有一群蚊虻围绕着牛飞来飞去。接着他又在声音中掺杂了小牛的哞叫声，这声音的逼真程度简直令人惊叹。结果可想而知，当牛听到了公明仪的弹奏时，以为附近有小牛遭到了蚊虻的侵扰，因此立即摇动尾巴，竖起耳朵倾听，同时不安地来回走动。

寓言出处

这则寓言出自汉代学者牟融的《牟子理惑论》。

寓意感悟

　　对牛弹琴的故事实际上揭露了一个浅显的道理，那就是良好的交流是建立在双方有着共同话题的基础上的，如果讲话时不看对象，那么交谈双方可能会因为话不投机而无法进行深度交流。从社交与交流的角度来说，人们应当和那些意趣相投的人进行交往，或者应该重点谈论一些共同的话题，避免说太多他人不感兴趣或者不了解的内容。

抱薪救火

战国时代，秦国经常侵略魏国，等到魏国的安厘王即位后，秦国更是肆无忌惮地发起进攻。在安厘王登基的第一年，魏国就被秦国抢占了两个城镇，到了第二年，魏国又失去三座城池，秦军长驱直入，直逼魏国的都城，形势十分危急。魏国请求韩国救援，结果来援的韩军也被秦军打败。

魏国没有办法只能割让土地，可是第三年的时候，贪得无厌的秦军再次来袭，魏国又失去了两个城镇，还损失了几万人的军队。到了第四年，魏、韩、赵三国联手，依然被秦军打败，联军一下子损失了15万人。安厘王每天都坐卧不安，不知道如何是好，此时惧怕秦军的大将段干子直接提议割让南阳给秦国，以求秦国罢兵休战。

苏秦的弟弟苏代主张联合各诸侯国一起对抗强大的秦国，在得知魏国一味割地求和之后，立即进宫向安厘王进谏："像秦国这样贪得无厌的侵略者，胃口是无法得到满足的，你想用领土、权力去换取和平，根本不可行，只要国土还有，他们的侵略欲望就无法被填满。这就好比抱着柴草去救火，当柴草一把一把地投入火中后，大火只会越来越旺，怎么能够轻易扑灭呢？只要柴草一天不烧完，那么大火就一天不会熄灭。"

苏代苦苦相劝，奈何安厘王胸无大志，只求一时的安全，根本没有听进去这些话，还是继续割地给秦国。公元前225年，秦军再次向魏国大举发动进攻，并且包围了魏国的国都大梁，不仅如此，秦军还直接掘开黄河大堤，结果大梁城很快就被汹涌的洪水淹没，魏国至此被秦国灭掉了。

寓言出处

这则寓言出自西汉司马迁的《史记·魏世家》。

寓意感悟

遇到挫折尤其是面对一些疑难杂症的时候，一定要保持冷静，理性分析局势，用正确的方法来思考、分析、解决问题，如果研究方向不对，方法不正确，那么只会适得其反，导致问题变得越来越复杂。

创鹭之报

很久以前，皖南地区有一个心善的农妇，某一天，她在河边拾柴，隐约听到河岸边的草丛里有鸟在哀鸣，她拨开草丛仔细查看，发现竟然是一只受伤的野鸭。野鸭的两只翅膀上已经血迹斑斑，不知道是被野兽咬伤，还是被人类打伤的，看着野鸭哀求的眼神，农妇于心不忍，于是就将野鸭带回家中。

经过十几天的治疗和悉心照料，野鸭翅膀上的伤口逐渐痊愈，农妇便将野鸭放生到野外，通人性的野鸭在临走之前，一直对着农妇点头，像是道别，又像是表达感激之情。一个多月之后，农妇突然发现自家的菜园子里飞来了一大群野鸭，它们每天都在园里产下大量的鸭蛋。农妇不舍得也不忍心将鸭蛋拉到集市上卖掉，而是孵化出了一群小野鸭。正是因为如此，依靠着更多的野鸭和鸭蛋，农妇的生活渐渐得到改良，变得富裕起来，而她这个时候才意识到这一切都是野鸭在报答她的救命之恩。

寓言出处

这则寓言出自南宋文士洪迈的《容斋随笔》。

寓意感悟

做人应当保持善心，要懂得用爱去感染身边的每一个人，而心怀善意的人，往往也会得到善报，会赢得更多人的尊重和爱戴。

牛缺遇盗

牛缺是某地一位声望很高的读书人，而且为人非常贤德。有一次，他要去邯郸拜见赵国国君，可是在途经耦沙这个地方时，不巧遇上了一伙强盗。强盗二话不说，就将牛缺的牛车、路费以及衣物抢走了，牛缺就像什么事情也没发生一样，继续步行前进。强盗看这个人一点恐惧、忧愁和痛惜的表情也没有，不像是一个正常人的表现，于是又追上去仔细询问。

面对走而复返的强盗，牛缺表现得很镇定，他非常坦然地说：“一个真正有德行的人，不会也不应当因为丢失一点养活自己的财物就与人拼命，这样做只会危害到自身的生命安全。”

强盗们听了这些话，都忍不住称赞他是一个真正贤德的人，于是就放走了继续赶路的牛缺。可是过了不久，强盗们聚在一起商议："这是一个很有能力的人，如今他去赵国见赵王，必定受到重用，如果他在赵王面前告发了我们，那么大家恐怕都要大难临头，与其给自己留下祸患，倒不如现在就下手。"想到这儿，强盗们又追了上去，然后毫不犹豫地就杀掉了牛缺。

寓言出处

这则寓言出自战国时期吕不韦的《吕氏春秋》。

寓意感悟

对于那些奸诈小人和恶人来说，越是表现出君子风度，就越容易置身于险境之中，因此做人应该圆滑一些，要善于表现出自己弱小的一面，这样才能真正使得小人放松警惕，为自己赢得更多的反击机会。

庸医治驼

从前有个医生,经常四处夸耀能治疗驼背,他逢人就夸下海口:"驼背的人分成好几种,有的人驼得像一张弓一样,有的人驼得就像河里面蜷曲身子的虾一样,还有一些人背部驼得像曲环一样,只要他们请我去医治,我保证早晨治疗之后,晚上腰背就挺得和箭杆一样直。"

大家看到这个医生说得如此绝对,真的以为他可以医治驼背,有个患者背驼得比较严重,于是就登门请求医生为自己治疗。医生在检查完之后,直接取来两块门板,其中一块门板在地上放平,叫驼背人趴在上面,接着将另外一块门板压在驼背者的背部,然后自己直接踩到这块门板上。随着医生用力往下踩,驼背者的背部很快变直了,但患者的家属掀开门板之后,发现驼背者已经死掉了。

驼背者的儿子非常生气,准备拉着医生去告官,没想到医生理直气壮地说:"我的职业是治疗驼背,我只管将病人的腰背弄直,至于病人是死是活,则不在我的职责之内。"

寓言出处

这则寓言出自明代文学家江盈科的《雪涛谐史》。

寓意感悟

对于那些做事只求主观动机,而不顾及客观效果的人,这些人往往治标不治本,只注重表面功夫,而没有解决实际问题的能力,因此往往只会将事情办得很糟糕。

良 狗 捕 鼠

齐国有个善于识别狗的人,他可以辨别出狗的优劣和能力,他的邻居家里闹鼠灾,于是就委托他找一条能捉老鼠的狗。会抓老鼠的好狗并不好找,识狗之人整整花了一年时间才找到一条,然后对邻居说:"这是一条真正的好狗。"

邻居兴高采烈地将狗买回家,结果几年时间下来,发现这条狗根本不会抓老鼠。邻居有些生气,于是就将这件事告诉了识狗之人。识狗之人笑着说:"这是一条好狗,它的志向在于捕捉獐、麋、猪、鹿这类大型野兽,而不是小小的老鼠,让它在家里捉老鼠实在有些委屈它了。如果你真的想要让狗在家里抓老鼠,那么只需要绑住狗的两条后腿就行了。"

邻居听了将信将疑,回到家还是按照指示将狗的两条后腿用绳子绑了起来,没想到狗真的在屋子里捕捉到了老鼠。

寓言出处

这则寓言出自战国时期吕不韦的《吕氏春秋·士容论》。

寓意感悟

对于管理者来说,要懂得挖掘人才,任用人才,要努力创造更好的平台和条件,如果不知道知人善用,无法让人才发挥出最大的优势和价值,那么还不如不要占有这些人才。

买鸭捉兔

有个人非常喜欢打猎,他听人说鹘可以帮助猎人捕捉到野兔,于是就准备买一只回家尝试一下,可是他并不认识鹘,反而在集市上买了一只野鸭子回家。到了山上,他见到不远处有兔子跑出来,就立即将野鸭投放过去,让它去袭击野兔,结果野鸭根本飞不高,一下子就摔到地上。猎人只好跑上前去继续投放野鸭,野鸭子在空中扑腾几下就摔落在地,就这样反复投放了好多次,野鸭有些生气了,它蹒跚着走到猎人面前,然后用人的口吻说道:"我只是一只鸭子,你将我杀死然后吃掉,这也是我的本分,但像这样将我乱抛乱扔使我承受痛苦算怎么一回事呢?"

只见猎人惊讶地说:"我还以为你是鹘呢,可以帮我捕捉到兔子,没想到你竟然是一只鸭子。"

野鸭立即举起自己脚掌给猎人看,然后笑着说:"看看我的脚掌,你觉得它可以抓住兔子吗?"猎人摇摇头,终于发现自己买错了东西。

寓言出处

这则寓言出自宋朝苏东坡的《艾子杂说》。

寓意感悟

想要发挥出一样东西的价值,首先就要对这样东西进行全方位的了解,然后将其运用在最合适的平台上,随意搭配和使用,只会白白浪费这件东西的价值。

郑人为盖

郑国有一个乡下人学习做雨具,三年学成之后,却不幸遇到了大旱的年头,所学的雨具制造技术根本没有任何用武之地,于是非常失望地放弃了这个技能,改学打水用的桔槔。他非常用心地学习了三年如何制作桔槔,准备将所学技能用于现实生活,没想到气候又发生变化,开始下起了大雨,所学之术又失去了用途。郑国人只能重操旧业,学习制作雨具的技术。

不久之后,盗贼横行,很多人开始穿上军装参军剿匪,雨具根本没有任何市场,郑国人开始想要学习如何制作兵器,可是这个时候的他发现自己已经老了,根本没有多余的精力去学习这个技能了。

而越国有一个善于搞农业的人,多年来一直在老家开垦荒地,种植水稻,一开始也是连续三年都遇上水灾。当时很多人好心劝他等到洪水退后改种黍米算了,他没有听从他人的劝告,而是坚持种植水稻。结果越国连续两年出现大旱的极端天气,农田里其他作物都枯死了,以至于粮价飞速上涨,他依靠着种植水稻的收入将前几年的亏损都弥补了,而且还额外存下不少钱。

寓言出处

这则寓言出自明朝刘伯温的《郁离子》。

寓意感悟

无论外界如何变化,要坚持自己的初心,要坚守自己的目标不动摇,只要坚持下去,那么就有很大的机会获得成功,一遇到困难和挫折就改变方向、改变目标的人,往往难以获得成功。

歧路亡羊

　　战国时期魏国的哲学家杨朱是一个非常聪明的人,有一次,邻居家里丢失了一只羊,邻居立即发动亲朋好友到处寻找,还邀请了杨朱的童仆也前去帮忙,杨朱觉得有些纳闷儿,不就是一只羊吗,为什么如此兴师动众呢?邻居的解释是"岔路太多了"。

　　等到追羊的人都回来后,杨朱问邻居:"你们找到羊了吗?"邻居沮丧地说:"没有,我们还是让它跑掉了。"杨朱有些疑惑:"这么多人都没有抓住它吗?"邻居摇着脑袋说:"岔路之中还有很多岔路,我们都不清楚它究竟从哪一条道路逃跑了。"杨朱听了心里很难过,脸色也越来越不好。

　　学生见到杨朱的变化后觉得非常奇怪,于是就说:"羊不值钱,而且又不是您的,为什么您也会表现得如此不高兴呢?"杨朱没有说话。学生离开杨朱的家后,将情况告诉了心都子。某天,两个人相约一同前来拜谒杨朱。

　　见到杨朱后,心都子问道:"从前有兄弟三人在齐国和鲁国一带求学,将仁义道德都学透了才回家,父亲让他们说一说'仁义的道理是什么',老大回答说:'仁义就是让我更爱惜自己的生命,而且我要将名声放在性命之后。'老二回答说:'仁义使得我可以为了名声而牺牲自己的生命。'老三说:'仁义使得我的名声和生命都可以得到保全。'面对这三个不同的答案,您觉得谁对谁错?"

　　杨朱没有正面回答,而是说了一个故事:"有个水性很好的人住在河边上,一直都以划船摆渡为生,而摆渡挣到的钱可以养活一百个人,以至于很多人成群结队向他学习泅水的本事,结果这些人当中后来有一大半人被淹死了。这些人原本是希望学习泅水之术,而不是学习如何溺水而亡的,很显然,最终的情况却相反,您觉得这是谁的过错呢?"

心都子心领神会,带着杨朱的学生一同离开,此时学生非常疑惑地说道:"你向老师提出来的问题那么迂回难懂,而老师的回答偏偏又如此怪僻,我越听越糊涂了。"心都子解释道:"大道因为岔路太多而丢失了羊,求学的人因为方法太多而丢掉了生命,人们学习的东西从根本上是相同的,结果却存在这样大的差异,就是因为没有回归本质,如果回归本质,就不会因为得失之心而迷失了。你长时间和老师相处,难道也不懂这些道理和寓意吗?实在可悲。"

寓言出处

这则寓言出自战国时期列御寇的《列子·说符》。

寓意感悟

人们在学习和做事的时候,不要随意改变方法和方向,不要刻意寻求方法上的多样性,而要保持专注,尽可能把握住事物发展的本质,这样才能避免在错综复杂的条件下迷失自我,失去正确的方向。

父 子 性 刚

有一对性格刚烈的父子，一直以来都非常自私，也没有容人的气度，从来都不肯谦让别人。某一天，家里来了一位客人，父亲准备留下客人吃饭饮酒，就让儿子到城里买一点肉回来招待客人。

儿子入城后很快就提着肉回家，可是在出城门口的时候，对面走来一个路人，由于城门口比较狭窄，不好同时经过，因此两个人碰面后都停下了脚步。此时，只要有一人避在一旁，让对方先过去，双方就可以顺利通过城门口，可是对方并没有想着让道，而性格刚烈的儿子也不打算先避让，于是两个人就在城门口僵持和对峙。

父亲在家里等了大半天，也不见儿子回家，不知道发生了什么事情，于是出门去寻找。走到城门口的时候，他见到儿子正与人僵持，于是就走过去对儿子说道："你暂且带着肉回家陪客人喝酒，我站在这儿继续和他僵持下去。"

寓言出处

这则寓言出自明朝冯梦龙的《广笑府》。

寓意感悟

人与人之间，难免会产生一些纠葛和摩擦，这些都是很正常的，重要的是，矛盾双方应该保持谦卑、包容的姿态，要懂得谦让他人，能够以更加温和的姿态来面对他人的冒犯。

孙建江寓言七篇

伊索和伊索的学生及农夫

有一天,一个农夫去山里捕猎,半路上碰到了一个自称是伊索学生的人。

"你去干什么?"伊索的学生问。

"捕蛇。"农夫说。

捕蛇?伊索的学生心想,我的老师伊索有过这方面的论述,作为伊索的学生,我有责任告诉他关于捕蛇的有关事宜。

"你知道伊索吗?"

"不知道。"

"那我告诉你,伊索是一位伟大的寓言家——寓言家你懂吗?不懂,我想你肯定不懂。不过这没关系,我会告诉你的——所谓'寓言家'就是他知道世界上发生的一切事情。不用说,这包括你进山捕蛇的事情。"

"你有这样一位老师,真不错。"农夫说。

伊索的学生听罢心里喜滋滋的,继续说道:"我老师伊索在他的《农夫与蛇》那篇寓言中说,冻僵了的蛇是很可恶的,所以你见到冻僵了的蛇千万别放了它。至于其他蛇嘛,你就不要乱捕了。"

"为什么?"

"因为我老师伊索没说过其他的蛇可恶呀!"

"这可不成。我既然进山来捕蛇,当然是见蛇必捕的。"

"但问题是我老师伊索只说过冻僵了的蛇……"

"那么如果伊索不写《农夫与蛇》,我岂不是不能去捕蛇了?不能捕蛇，我靠什么养家糊口？"

"可是……可是……你应该明白，伊索是伟大的寓言家……"

"哦，你不用再说了。再见吧！我为伟大的寓言家有你这样一位学生而感到悲哀！"

……

伊索的学生当然不会跟农夫一般见识了，因为他是寓言家的学生嘛！

他只是喃喃地说道："不可思议，不可思议……"

这时，农夫早已进山去捕蛇了。

见过世面的老鼠

一只老鼠在码头偷吃东西，被远洋轮带到了大海上。

老鼠在船舱里吃了睡，睡了吃，好不舒坦。

几个月后，远洋轮返航了。

老鼠神气活现地钻出船舱。

鼠兄鼠弟们羡慕极了，纷纷拥上前来："你见过世面，给我们讲讲大海吧！"

老鼠润了润嗓子，说道："大海嘛……嗯……大海……大海实在太大了，有船舱那么大呢！"

老 鼠 与 老 虎

老鼠一直想出名，但总是不能如愿。

这天，老鼠终于想出了一个办法。

老鼠对老虎说："大哥，咱俩都姓'老'，为何不给大家表演一次打架？"

"你是想让我们以打架的方式来证明老虎和老鼠属于同一个级别吗？很抱歉，我不会那么傻。"老虎说罢，头也不回地走了。

老鼠看着老虎离去的背影，失望道："胆小鬼！"

狼 与 羊

狼遇见羊，想找个借口吃掉他。

狼质问羊："你是怎么搞的，看见我竟然不打招呼？！"

羊不予回答。因为他知道伊索老先生早在《狼与小羊》那篇作品中就告诫过世人，羊就是说得再有理，狼也不会放过羊的。

狼又质问羊："上次我吃了你爷爷，名声搞得很臭，你为什么不来替我洗刷恶名？！"

羊还是不予回答。

狼又质问羊："你长得肥肥壮壮，可为什么对我们狼类总是缺乏奉献精神？！"

羊依然不予回答。

狼最后破口大骂："你怎么这么窝囊，连骂都不还口？像你这样窝囊的东西活着，实在是世界的累赘！"

说罢，狼把羊吃了。

青 蛙 的 叫 声

大雨停了。

夜风荡漾在静静的水田上。

月亮出来了,星星出来了。月光和星光编织着透明的网。

碧绿碧绿的水草上悬挂着一颗颗晶莹的水珠。

一群青蛙争先恐后地跳到了水田的中央。几乎是在同一时刻,青蛙们一齐嚷嚷开了。

"太美了,这宁静的夜晚。呱呱呱。"

"太美了,这清新的空气。呱呱呱。"

"太美了,这柔和的月光和星光。呱呱呱。"

……

他们都想争第一个发言,都想让别人听自己的声音。

他们想,在这种场合下,不争第一,那可就太无能了。

于是,他们根本不管别人,自顾自地叫了起来。

呱呱呱……

呱呱呱……

可是,除了自己,谁知道他们在说些什么?

呱呱呱……

呱呱呱……

瞧,他们叫得有多得意!都以为别人在欣赏自己的才华呢!

脚 和 手

　　脚和手一直相处得不错。脚走路的时候，手就一前一后有节奏地摆动；脚跑步的时候，手的小臂部分就弯曲向上。旁边的人看了，都啧啧称赞，都说脚和手配合得很好。

　　可是，有一天，脚不高兴了，脚觉得这太不公平。手不过是个摆设，凭什么要与我分享荣誉？走路也好，跑步也罢，跟你手有何相干？要赞美，应该赞美我这双脚才对。

　　于是，脚很不高兴地对手说：

　　"喂，听着，以后我的事用不着你来'配合'。请不要借助我的声望来抬高自己的身价！"

　　手想，既然这样，跟脚再解释也白搭，还是让事实去说话吧。

　　这天，脚又走路了，手则直愣愣地垂立在两边一动不动。

　　旁边的人看到脚和手这副样子，觉得很滑稽，都围着看热闹，没有人称赞脚走路的风度。

　　脚感到有点纳闷儿。

　　脚又开始跑步，手仍然直愣愣地垂立在两边一动不动。

　　这会儿，旁边的人突然乱作一团。脚跑到哪儿，哪儿的人就没命地躲避。

　　人们一边躲避还一边喊叫："怪物来了！怪物来了！"

　　脚更纳闷儿了：怪物？哪来的什么怪物？这到底是怎么回事呀？

鲳鱼拍照

鲳鱼请来慕名已久的摄影大师海马为自己拍一组照片。

海马果然名不虚传,不一会儿便完成了这组照片的拍摄。

照片印出来后,鲳鱼大为不满。

他朝海马吼道:"你这样的水平也称得上大师?为什么把我拍得这么难看?!"

海马很纳闷儿,又仔仔细细把印出来的照片看了一遍,说:"拍得不错呀。"

"什么,还不错?"鲳鱼愈加气愤,"请问,我怎么只有一只眼睛?!"

原来如此。

海马哭笑不得:"这是真实的你。假如两边的眼睛都跑到前面来,那你就变成怪物了。"

周冰冰寓言七篇

冰 凌 花

　　冰凌花在朝阳的照耀下，闪闪发光，晶莹神秘。她的图案美极了，那一片片美丽的冰凌花，或似漓江两岸的毛竹舒展着茎项伸向天空，一簇簇、一团团飘逸俊秀；或似松涛林海，密密匝匝傲然挺立，深幽阔远；或似一群泼猴神态活脱地戏耍；或似羚羊、小鹿闲步草原。一群骏马飞驰而过，一只猎豹腾挪跳闪……幻境无穷，千姿百态！

　　冰凌花为自己精湛的艺术而自豪。她骄傲地对太阳说："你的光辉与我的斑斓相比实在逊色，我的创作一向被世人所称道，我是名副其实的大艺术家！相形之下，而你的光辉却显得那么单调！"

　　太阳不争不辩。它升得越高，大地就越温暖。冰雪在太阳的照耀下渐渐融化，冰凌花终于流尽了最后的泪水，了无踪影……

向狮子挑战的青蛙

草原之王狮子的吼声驰名于世,那闷雷似的声音能使所有的动物毛骨悚然,以至于青蛙认为狮子之所以称王,就是吼声震天的缘故。青蛙想:"难道我的叫声比它小吗?"它决心去跟狮子展开一场较量。

青蛙一蹦一跳,终于找到了狮子,突着大泡眼呱呱地开了口:"阁下素以吼声震天迫使动物们对你产生畏惧,可曾想到你还有个对手吗?"

狮子开始只听到了向它挑战的声音,可是怎么也找不到这声音的来源,仔细查看才发现草丛里有一只肚子胀得鼓鼓的青蛙。

"你来找我干什么?"狮子粗声粗气地问。

"你生活在这片草原上,难道就没听到过一种能跟你相抗衡的声音吗?我斗胆与你展开较量,要是我输了,我将离开你统治的这块领地,回到河里去生活;要是你输了,就把百兽之王的头衔让给我。"青蛙边说边用那双凸起的大眼睛盯着狮子,很有一种大无畏的气魄。

"对这件事情我没兴趣,你愿意叫就自己叫去吧!"狮子的态度漫不经心。

"哈哈,"青蛙大笑起来,"我断定你不是我的对手,何必找托词呢?你那庞大的身体发出的叫声,跟我的叫声同样是几里之内听得到的。我若能有你那么大的个头儿,我敢发誓将使整个大地颤抖!有自知之明的话,快把百兽之王的桂冠摘下来吧!"

"浑蛋!"狮子发怒了,"我的吼叫从来就不是给谁听的!那只是饱餐后的悠闲或烦闷时通通气而已。当猎物出现的时候我不但不叫,反而要屏住呼吸小心翼翼地去接近猎物。出奇制胜的法宝绝不是吼声，而是锋利的牙齿!蠢货！"

青蛙仿佛清醒过来，从它想转身逃跑便得到证明。不幸的是太迟了，狮子往前走了一步，根本用不到锋利的牙齿，只用前爪轻轻一按，这场较量的表演便轻松收场。

青蛙到底成了什么样子，有一点可以肯定，它那"呱呱"的鼓噪声永远地消失了。

越是以鼓噪之声作为资本，实力往往越是小得可怜！

想接近太阳的天鹅

天鹅——高贵的鸟。她姿态高雅，动作优美，一副强健有力的翅膀，让众鸟相形见绌。在天鹅中更有出类拔萃者，一只自认为最有远见卓识的天鹅，她对天鹅季节性的南北转移提出了质疑："我们干吗一定要秋季飞到南方去，春季又回到北方来？这种循规蹈矩的选择，让我们始终处于疲于奔命的状态，难道不能改变这种陋习，让生活过得更加舒适安逸吗？"

秋季到了，北方大地一片金黄。渐渐地，北风接替了南风，美丽的天鹅开始大规模迁徙，飞向温暖的南方。

这只天鹅却执意不肯离去，伙伴儿再三相劝，但都无法动摇她坚定的决心。"去南方不就是为了温暖吗？我选择向高处飞，去接近太阳！离这不远就有一座几千米的高山，山顶上当然要比地面更接近太阳，无疑那里才是最温暖的地方，也一定有数不清的丰盛美餐呢！我们不妨去闯闯，何必奔波几千里的漫漫长路呢？"

她说得如此笃定，但同伴们仍是一批批地飞向了南方，最后只剩下她自己，孤独使她感到愤然："我要创造奇迹给你们看看，一群愚蠢的庸俗之辈！"

美丽的天鹅以一种近乎于伟大的气魄向高山飞去。她越往上飞，反而觉得越冷，当接近半山腰时，已经冻得连展翅都困难了。在强烈的自尊心驱使下，她竭尽全力向山顶飞去⋯⋯

这只聪明的天鹅飞得越高，死期也就离她越近。

争夺"凤凰巢"的鸡

一只鸡发现一个特别的巢,因为那里有五颜六色的羽毛,它神秘地把这个发现散布到鸡群。一只自称万事通的鸡,兴奋地呼喊起来:"这可是凤凰住过的巢啊!世界上什么样的鸟会有这么艳丽的羽毛呢?"

这个"伟大"的发现,让鸡群沸腾起来,它们纷纷弃掉自己舒适的窝,争先恐后地搬进"凤凰巢"里。抢到位置的顿时趾高气扬,外面的便愤慨地提出要轮流坐庄,以求公平。

当鸡群闹得不可开交时,"凤凰巢"的真正主人回来了——一只披满鲜艳羽毛的野鸡。

"荒唐!无理抢占!难道你们无家可归?"野鸡提出强烈抗议。

鸡们先是一愣,继之便开口大骂:"呸!竟敢说'凤凰巢'是你的,真是不知羞耻!住在这么堂皇的地方你也配?!"

"这就是我的巢,何谈配与不配!况且生物学家早就证实世界上根本没有凤凰这种鸟,哪里还会有什么'凤凰巢'啊!"

鸡们虽然心照不宣,但为颜面,还是装腔作势地围攻野鸡:"你这个败类,竟敢诬蔑凤凰,抢占'凤凰巢'!"

野鸡咯咯大笑:"以为住在'凤凰巢'里就能抬高你们的身价?鸡无论住在哪里仍然是鸡!"

黄 河 与 酒

一艘载酒的船在横渡黄河时,一瓶贴着"黄河"商标的酒掉入了河中。黄河早闻酒的盛名,却不知酒为何物。

意外相遇,黄河轻蔑地大笑:"远在一千多年前就听说过你的大名,什么'杜康造酒刘伶醉,李白斗酒诗百篇',甚至对武松那样的英雄好汉,也敢称'三碗不过冈',这是何等的气概和神威!今日相见,你不过就是装在瓶子里那点儿微不足道的水而已,竟然敢以'黄河'二字做标榜,真是天大的笑话!"

酒平静地回应:"以外表来判断我的能力,只能说明你的肤浅。我有水的外形,却是火的性格!古往今来,不知道多少英雄豪杰败在我的手下!"

黄河怒斥:"你这小小的东西竟敢如此夸口,真不知天高地厚!自从我诞生的那天起,人们对我就怕得发抖。黄河一旦怒吼,就要冲破堤坝,摧毁房屋,伤害人畜,你竟敢在我的面前炫耀自己,岂不是无知?!"

"若论体积,我无法跟你较量;若论破坏力,你根本就不是我的对手!"

黄河狂吼:"竟敢如此放肆!不说清楚绝不饶你!"

酒依然温和地说:"从古至今,你泛滥成灾,淹没大片土地和房屋,吞噬了不知多少生灵!但是,再大的破坏力也仅限于你的流域之内。随着科学的进步,人类治理你的办法越来越多,如今你几乎丧失了破坏力,被人类治理规范。相反,人们对我的依赖和需求却与日俱增,他们利用各种渠道把我送到世界的每一个角落。你听过'酒不醉人人自醉'吗?我的威力恰恰在此！你是用恐怖和死亡加害于人，而我却深受人们的喜爱，他们一旦与我结下亲密的友谊，就会酗酒成性，浑浑噩噩，丧失斗志，于潜移默化中耗尽精力无所作为！更令你意想不到的是，我是权力的腐蚀液，声色犬马、花天酒地、纸醉金迷哪儿能少得了我呀？看多少贪官污吏推杯换盏，亡了国家，送了性命！你虽体积庞大，水势浩瀚，但你灭不了国家，败不了人心，试看谁的威力更大，谁淹死的人更多呢？！"

驴子的奢望

到了今天,驴子也与时俱进,悟得权势对生存的重要,对自己卑微的处境深为焦虑,于是去见上帝。

见到上帝,驴子忧愤不已:"上帝啊,您赐予我们这个物种的本领实在太有限了,您没有赋予我们独特的本领,所以驴子始终不能实现自己的理想和愿望。老虎、狮子横行霸道滥杀无辜,谁曾替身处弱势的动物主持公道呢?"

"你想要什么?"上帝问。

"恳请上帝重塑驴的形象,赋予我无敌的神威,让我带着您的使命,抑强扶弱,让大家过上和平宁静的生活。"

上帝答应了驴子的请求,赋予它一个强大善战的身躯,四只钩子般锐利的爪,还有剑一样锋利的牙齿。

驴子的崭新亮相,在动物界引起震动,很快就消灭了狮子、老虎等强大的肉食动物,它成了动物王国独一无二的霸主。但新的问题出现了,首先是吃什么。驴子身体猛然间发生了巨大的变化,再也无法像从前那样去品尝青草的芳香。它要吃肉,而且是大量的肉,想到这儿,驴子一阵战栗:"难道我最终的愿望是这样吗?"

这种意想不到的结局使它不知所措,于是驴子又去找上帝。

"我亲爱的上帝呀,虽说您已经让我的愿望得以实现,可是……"

上帝截断了它的话:"料到你一定会来。你能说出世界上最聪明的动物是谁吗?"

"当然是人了。"驴子爽快作答。

"对，但他们真的聪明吗？翻开人类所谓的文明史看看，互相杀戮了几千年，只有几百年没有战争，但这并不排除明争暗斗、尔虞我诈。人尚且如此，你又怎么能逃脱得了这种宿命呢？"

驴子无语。

上帝忧心忡忡："只要有暴力和杀戮，世界就永远不会安宁！"

"我的上帝！您是创造万物的主宰啊，为什么不能改变这违逆天理的残酷现实呢？"

"唉——"上帝长叹了一声，"因为不是我创造了万物，而是人类创造了我！"

国 王 的 眼 泪

一个嗜杀成性的国王,为了挽回狼藉的名声,稳住宝座,便向全国发表电视演讲:"从即日起,我绝不再杀人。我发誓,凡是活的动物,像什么马、牛、羊、鸡、鸭、鱼等一律不吃,只吃素食……"他边说边赔上几滴眼泪。

国王令人费解的宣言,引起了社会各阶层的议论与猜测,难道这个世界真有"放下屠刀立地成佛"的统治者?为使公众相信他的诚意,国王举了一个例子:"不用说人类,就连凶残的鳄鱼都懂得忏悔。你们看到过吧,鳄鱼在吞食猎物的时候,往往是流着眼泪的。它懂得自己的罪恶,但为活下去又不得不做……"

此番解释使他陷入僵局,将他的无知暴露无遗。鳄鱼的眼泪不是什么忏悔的产物,而是生理的分泌物。国王得知,由尴尬转为盛怒,下令要把河、湖、沼泽中的鳄鱼统统杀掉。

鳄鱼联合起来向国王提出强烈抗议:"为何要灭我族?!"

"因为你们的伪善!一群假仁假义的骗子!"

"国王为什么要把生理现象放在道德层面上评判?并以正义的理由大开杀戒,实在违逆天理!"

"杀的就是你们!"国王态度顽固强硬。

"国王不是发誓不再杀生了吗?而且你是流着眼泪讲的!"

国王急了:"一国之君的眼泪,怎么能与丑陋的鳄鱼之泪相提并论?!你们的眼泪是掩盖凶残的伎俩,而我的眼泪是为了达到目的表演的!"

余途寓言七篇

地 平 线 上 的 人

一个很高很高的大个子和一个很矮很矮的小个子碰到一起。

大个子一定要和小个子比高矮,而且一定要小个子承认比自己矮一截。大个子怕别人说三道四,特地请来了公证人。

小个子和大个子并排站在地平线上,请公证人做证。"高矮显而易见。"公证人不屑一顾,结论脱口而出。

大个子逼小个子认输,小个子不慌不忙地对公证人说:"请您朝地平线上看看,再做一次判断。"公证人低下头,看到了四只排成一线的脚,便证明道:

"知道自己高又要和矮人比高低的人,实际上不知道自己有多高。地平线帮助我告诉你们:站在地平线上,人是一样高的。"

失　　魂

有两把漂亮的椅子摆在女孩面前，两把椅子女孩都想要。

她问老人："我怎么才能同时坐两把椅子呢？"

老人很奇怪，问清了女孩的想法后说："你一定想得到答案，因为你非常想同时坐两把椅子，但是没有合适的办法。"

女孩依然不放弃，老人说："当然，孩子，如果你愿意的话，可以按照我的话试试，你把自己的灵魂拿出来放在一把椅子上，而你的身体依旧坐着另一把椅子。"

女孩子慌忙问："那哪一个是我呀？"

老人告诉她："你的要求满足以后，你就不存在了。"

质 的 较 量

一个小孩子手里拿着铜球和泥球。他只想用颜色把它们区分开，可两个球都涂着相同的颜色。

一位老人对孩子说："颜色往往造成假象。你掂量一下，哪个重，那便是铜球。"

孩子告诉老人："我分不清哪个更重些。"

老人问："你想要什么球呢？"

孩子果断地答道："铜球！"

老人说："那么，你用力把它们撞在一起，就会分清你需要什么。"

泥球被撞得粉碎，孩子抱走了他要的铜球。

度　　量

水壶盛满海水拍着胸脯夸口道:"我具有海的度量。"

壶的主人问:"你知道海有多深?"

水壶说:"和我的高度一样。"

主人又问:"海有多辽阔?"

水壶说:"我有多少,海便有多少。"

主人看海,海始终沉默着。水壶解释道:"这一点,海是默认的。"

主人愤怒地把水壶扔进大海,水壶迅速消失在海里。

过了很久,壶的主人在沙滩上发现了空荡荡的水壶,水壶告诉主人:"海不想吞没我,它把我托举出来,抛向沙滩,便悄悄地离开了。"

火 柴 的 风 格

火柴用自己的身体擦出一团火,点燃人们寻求道路的火把,点燃人们赖以生存的炉灶,点燃人们获取温暖的炭盆……

火把说:"她把希望留给别人,却牺牲了自己。"

炉灶说:"她为别人带来温暖,自己却留下冷落。"

炭盆说:"她把生命献给别人,自己留下的却是寂寞。"

人们说:"火柴心中没有自己,她把全部的爱都献给了世界。"

起 重 机 的 性 格

巨大的集装箱随着起重机的手臂缓缓地升向高空,划出一条弧线,轻轻落在地上。回转时,起重机手掌空空,碰到抓擒白羊的鹰。

鹰炫耀着猎物,对起重机说:"先生臂挽千斤,又能轻松自如,不愧为大力士,可惜终生一无所获。"

起重机说:"我的力量是大地给的,占有不是我的性格。大地永远给我力量,我双手空空,也有一生的收获。"

石头与柳絮

　　一阵狂风刮来，随风飞舞的是轻飘的柳絮，沉重的石头依旧留在地上。
　　风平息了，柳絮又回到地面，见石头添了风打的痕迹，便凑上前说："你何必这样固执，在风面前应该有一个灵活的态度。我虽然暂时离开了大地，可风势一过，我又完好无损地回来了。"
　　石头说："顺风游荡，永远无法在地球上找到自己的位置。我被风打得伤痕累累而绝不动摇，是因为认准了要依靠这块土地。"

凡夫寓言六篇

鲤鱼跳龙门

鲤鱼们都想跳过龙门，因为，只要跳过龙门，他们就会从普普通通的鱼变成超凡脱俗的龙了。

可是，龙门太高，他们一个个累得精疲力竭，摔打得鼻青脸肿，却没有一个能够跳过去。他们一起向龙王请求："尊敬的殿下，请您把龙门降低一点吧！让我们都可以跳过去。如果连一条鲤鱼都跳不过去，这龙门不等于虚设了吗？"

龙王不答应，鲤鱼们就跪在龙王面前不起来。他们跪了九九八十一天，龙王终于被感动了，答应了他们的要求。

鲤鱼们一个个轻轻松松地跳过了龙门，兴高采烈地变成了龙。

不久，变成了龙的鲤鱼们发现，大家都成了龙，跟大家都不是龙的时候好像并没有什么两样。于是，他们又一起找到龙王，说出心中的疑惑。

龙王笑道："真正的龙门是不能降低的。你们要想找到真正龙的感觉，还是去跳那座没有降低高度的龙门吧！"

天 鹅 和 螃 蟹

一只年老体衰的天鹅跟随着天鹅大军，背负蓝天，俯瞰白云，奋力扇动着翅膀，往远方迁徙。他们飞过一条条长江大河，飞越一座座崇山峻岭，飞到一片沙漠的上空时，老天鹅实在飞不动了，两翅一软，跌落下来。

几只饥肠辘辘的螃蟹飞快地包围过来，可怜的老天鹅拖着两只下垂的翅膀，吃力地奔逃着，躲避着。

但是，他最后一点力气也使完了，眼睁睁地看着螃蟹们缩小了包围圈。

一只体形最大的螃蟹讥笑地问："美丽的客人，你们每年都要这样飞行万里，长途迁徙吗？"

老天鹅回答："是的，每年都这样。"

螃蟹又问："你们每年都有同伴像这样死在途中吗？"

老天鹅回答："是的，每年都有。"

螃蟹继续问："既然如此，为什么你们还要年年这样长途迁徙呢？"

老天鹅没有直接回答，反问道："你们年年都固守在这里吗？"

螃蟹回答："当然啰！"

老天鹅又问："你们每年都有同伴死在这里吗？"

螃蟹回答："这也是当然啰！"

老天鹅接着问："既然这样，你们为什么还要生活在这里呢？"

螃蟹尴尬地挥动着大螯，不知该如何回答。

小猴运沙

老猴砌墙，叫小猴到河滩上去背沙，好掺进水泥里拌浆。运沙的工具只有一个竹筐。

猴老大力气大，他装了满满的一筐沙往回背，可背到半路沙就漏光了。

猴老二跑得快，他背着浅浅的一筐沙，快步如飞，可是没等背到家，沙也漏光了。

兄弟俩你看看我，我看看你，束手无策。

猴老大埋怨说："都怪这盛沙的竹筐不好！"

猴老二附和说："竹筐装沙，只能是一场空！"

猴老幺在一旁眨着眼睛说："让我去试试看。"

猴老大和猴老二都暗暗发笑。

不一会儿，猴老幺居然背着满满一筐沙回来了。

猴老大惊讶地问："没有我的力气大，你为什么能把沙背回来？"

猴老二眼睛瞪得溜圆说："没有我跑得快，你是怎么把沙运回来的？"

猴老幺说："我先用荷叶盛水把沙浇湿，湿沙装在竹筐里就不漏了。"

驴 走 了

驴和马都给主人干活：驴拉磨，马驮着主人周游四方。但是，驴经常遭到马的羞辱。

吃饭的时候，马第九十九次辱骂驴说："没出息的家伙，一天到晚，围着一个石磨转来转去，眼睛还蒙着，瞎走瞎忙。这样活着有什么意思？不如早点死了熬驴胶吧！"

驴再也忍受不了马的侮辱，伤心地大哭着跑了。

第二天，主人发觉驴不见了，便把马套到磨上。

马说："我志在千里，怎么能为您拉磨呢？"

"可我要吃面啊！没有驴，总不能囫囵吃麦粒呀！"

说着，主人用一块厚厚的布蒙住了马的眼睛，并在他的屁股上重重地给了一掌。

马无可奈何地跟驴一样围着磨转起圈来。

才拉了一天磨，马就感到头昏脑涨，浑身酸疼。他在地上打了一个滚儿，长长地叹了一口气说："唉！没想到驴干这活儿也不容易呀！今后再评论别人，一定要先站在他人的角度想想再说。"

下 水 老 鼠

老鼠从来不劳动，可肚子却总是撑得饱饱的，他的办法是：偷。

这天夜晚，老鼠来到厨房里，他遗憾地发现，食品柜已锁得严严实实，米缸和面缸也盖得密不透风。柜子下面的地板上，虽然有一撮米，但他连看都不看就走开了，他知道那大米是拌了鼠药的；在灶台上的一个铁夹子上，一块新鲜的羊肉散发着诱人的膻香，他仅仅咽了一口唾沫，便毫不犹豫地离开了，凭经验，他知道那也是人们设下的圈套。

他溜溜达达地来到大海边，情绪立刻高涨起来：一条鲇鱼一动不动地靠在岸边，高高翘起的尾巴伸嘴可及。

他谨慎地用嘴巴把鱼尾碰了碰，那鲇鱼毫无反应；他轻轻地在鱼尾上咬了咬，那鲇鱼还是一动不动。他以智慧断定，这是一条死鲇鱼。

正当他咬住鱼尾，兴高采烈地使劲朝岸上拖的一刹那，鲇鱼突然一甩尾巴，把他甩进了水里。

老鼠后悔地大叫："我聪明一世，没想到遭到愚蠢的鲇鱼的算计。"

鲇鱼说："不管谁有多聪明，只要他靠不正当的手段过日子，迟早有被拖下水的时候。"

因 为 他 是 山 鹰

小山鹰刚开始试飞,飞得跌跌撞撞,东倒西歪,活像喝多了酒的醉汉。

山鹰妈妈满意地连声鼓励:"孩子,飞得好!飞得很好!再飞一遍给妈妈看看。"

小山鹰长成了一个大小伙子,可以盘旋长空,俯冲大地了,山鹰妈妈却老是不满意:"孩子,你上次飞行的姿势不够好,这次飞行的速度不够快,必须加练十遍。"

一直关注小山鹰训练的山羊大叔,对山鹰妈妈的态度十分不解。他责备地问她:"当初,孩子飞得很不像样的时候,你一个劲儿地称赞;如今,孩子已经飞得这么好,你却一个劲儿地批评。你的葫芦里究竟装的什么药?"

山鹰妈妈平静地说:"孩子还小时,如果不鼓励,他就可能会丧失信心;孩子长大后,如果不从严要求,他就有可能骄傲自满。"

山羊大叔担心地问:"你老是批评他,难道就不怕他灰心丧气?"

山鹰妈妈满怀信心地说:"不,因为他是山鹰。"

干天全寓言七篇

豹和骆驼

一只豹在沙漠里迷失了方向，又饥又渴。正当它绝望的时候，一只骆驼迎面而来。

"把我带出沙漠吧，善良的骆驼。"豹沙哑着嗓子哀求说。

憨厚的骆驼点点头，并让豹骑到自己的两个驼峰之间。

走了几天几夜，仍不见沙漠的边际，饥渴难熬的豹子心想："骆驼的驼峰里不是有水囊吗，驼肉的味道也不错呢。"趁骆驼不注意，它猛地扑倒了骆驼。

豹子吃饱了，喝足了，精神也好起来，它庆幸地说："多亏了这个傻瓜。"

可它又迷失了方向，盲目地闯了几天几夜，累得筋疲力尽地倒在了沙丘上。它还没有断气的时候，秃鹰已成群地盘旋在它的上空。

不需要伯乐的马

有两匹跑起来四蹄生风的马,因为相貌并不出众,没有受到人们的赏识,两匹马心里都很不愉快。

一匹马抱怨说:"这辈子要是再遇不上伯乐就彻底完了,伯乐在世时,马的命运就一直靠他决定。"

另一匹马说:"天下那么多的马,难道都要让伯乐认定是好马才派上用场吗?我偏不认命。"说着长嘶一声,就飞扬四蹄奔向远方。

过了一段时间,留在原地的那匹马听说自己的伙伴驰骋天下,已成为一匹人们公认的名马,它后悔地说:"我为什么不相信自己,而要等待伯乐呢?"

高瞻远瞩的岩鹰

一只住在高山顶上的岩鹰因为能高瞻远瞩，非常得意。

这一天，岩鹰站在山顶的岩石上极目望去，只见很远很远的地方有一个小黄点一闪，它立即便认出是一只正在搜寻食物的狐狸。岩鹰顺着狐狸前进的方向望去，见一只小白兔正在低着头吃草。眼看狐狸就要靠近小白兔，岩鹰怜悯地叹息说："小白兔呀小白兔，你真是鼠目寸光，连敌人出现在你跟前都没察觉。"

正在这时，一条蟒蛇不声不响地溜到岩鹰的窝旁。它抬头见岩鹰还在山顶上极目远望，便放心地衔起一个岩鹰蛋不慌不忙地离去了。

活命的争论

阳光下,奶牛吃饱了,它开始在草地上追逐扑闪着翅膀的蝴蝶嬉戏。

这时,奶牛看见猪和乌龟、草鼠正在争论。"只要能吃好、玩好,没有烦恼,宁愿活得短。瞧,我们猪族都很明智,大多活一两年。"猪说。

乌龟摇摇头说:"我看还是活得长好,只要不在乎吃喝玩乐,不惹事,也就没有什么烦恼。不是吗?我们龟族无忧无虑都能长寿,有的还活到上千年呢。"

"依我看哪,活着还不如死了得好,草原的水和草并不丰盛,可还有大群牛、马、羊与我们争夺,要是碰上猎狗连命都难保,活得真是又累又怕呀。有不少同族一死了之,什么烦恼也没有了。"草鼠说。

猪见奶牛路过跟前,忙招呼说:"喂,奶牛,你觉得怎么活着好?"

"没时间与你们一起争论了,我该回去挤奶了。"奶牛告别了它们。

涂彩色后的神像

一座大庙里新塑了一尊神像,来往的香客走到他的跟前,见他浑身都是普通的黄泥,表情死板,没有一点灵气,谁也不对他烧香磕头,大家都去向那些镀了金或涂了彩的神像烧香磕头。

过了几天,新塑的泥像涂上了鲜艳的色彩,看上去活灵活现,神气十足。这下光景就不同了,进庙的人都争着向这尊新神烧香磕头。

有一只藏在神像座下的老鼠悄悄地问他:"喂,怎么回事,前不久你还是一个泥人,没人理睬,现在却成了神,受那么多人礼拜?"

"这有什么奇怪的,你没看到我身上多了一层迷人的色彩吗?"神像回答说。

骗贡品的狐狸

森林里的狮大王规定，各种动物每年都要在它生日那天向它进贡一次最好的食品。

进贡的日子到了，狐狸毫无准备，正当它急得团团转的时候，一只老白兔端着一盘萝卜酱吃力地走过来。狐狸一见，眼珠转了转，立即笑嘻嘻地迎上去："老白兔，你太累了，让我来帮你端吧。"没等老白兔表示同意，狐狸夺过萝卜酱，端着就朝狮大王那里跑去。

老白兔慢慢地走到狮大王跟前，狮大王一看它空着手，不由得怒吼道："胆大的兔子，你怎么不送贡品来？"

老白兔一听，忙向狮大王讲述了狐狸帮它送萝卜酱的经过。

狮大王怒视着狐狸："老白兔说的是实话吗？"

"大王，千万别信老白兔的谎话，这萝卜酱是我亲手做的。"狐狸回答说。

狮大王不知老白兔和狐狸谁说的是真话，只好命令说："你们都当着我的面做一盘萝卜酱。"

老白兔一听，立即高兴地回答说："我马上就做。"而狐狸却吓得一溜烟儿地逃跑了。

彩 虹 的 忠 告

有一只猩猩崇拜花果山的美猴王，很想从它那里学到非凡的本事。猩猩知道花果山远隔千山万水，一旦踏上路程，还有日晒雨淋、风餐露宿之苦。想到这些困难，它迟迟动不了身，成天在洞里琢磨一个既能到花果山又免受旅途之苦的办法。它终于想到彩虹，彩虹不是一座横跨天空的桥吗，要是从它上面通过，不就可以跨越高山大川了吗？

终于有一日雨过天晴，天空中架起了一座巨大的彩虹，猩猩狂奔到彩虹跟前说了自己的打算。

彩虹说："我帮不了你，你要去花果山，必须跋山涉水，忍饥挨饿。"

猩猩一听生气地说："你看起来很美丽，实际上很无情。"

彩虹平静地告诉猩猩："你这样认为并不错，动物们都把我当作理想的桥梁，其实我是虚幻而短暂的，从古至今谁也没能从我这里达到想去的地方。"

果然，过不了多久，彩虹就渐渐消失了。猩猩并没有醒悟，它继续在想，天空中会不会出现一座永不消失的桥呢？

汤 祥 龙 寓 言 六 篇

诚 信 批 发 商

花狐狸最会做生意,看到社会上诚信相当吃香,便打起了诚信的主意。它在店门口挂上"诚信批发店"的木牌子以后,便开始在社会上到处低价收购诚信。许多善良的百姓听说诚信这看不见、摸不着的东西也能换成金钱,便纷纷找上门来。仅短短几天时间,社会上大量的诚信几乎都被收购到花狐狸的这家诚信批发店里来了。

然而,一连串的怪事发生了。社会上由于一下失去了许多的诚信,朋友、同事、亲友之间也就失去了最起码的信任,变得钩心斗角、尔虞我诈,你骗我,我骗你,骗来骗去,以致弄得社会上案件不断,治安混乱,经济状况一落千丈,人们生活水平每况愈下。

人们痛定思痛,终于发现了失去诚信的可怕,于是,那些失去了诚信的人又一窝蜂似的赶去购买诚信。花狐狸早就等着这一天,它以几乎高出收购价50倍的价格抛出诚信。那些当初以低价卖诚信给花狐狸的朋友,发觉自己上了花狐狸的当,不禁大声谴责花狐狸不讲诚信。花狐狸笑嘻嘻地回答道:"对不起,我是做生意的,做生意的都有个规矩,千做万做,亏本生意不做。我现在就靠出售诚信赚钱,我要是不赚钱,拿什么来养家糊口?如果大家觉得我没有诚信,那只好对不起了!"

花狐狸自以为这下稳赚了一把,没想到晚上一清账,才发现那些来购买诚信的朋友用的百分之一百全是假币。它不仅没有大赚,反而是大亏了一把。直到这时,花狐狸才意识到,经销诚信如果缺乏诚信,那肯定是会受到惩罚的!

两 轮 车 与 独 轮 车

两轮车对独轮车说:"你只有一只轮子,我却有两只轮子,如果要比赛的话,你肯定会输给我们的。"

独轮车听了,想了想说道:"一般情况下应该这样,不过也有例外。"它见两轮车非要和自己比试一下,便说道:"比就比,不过如果你们赢了,我只能奖励你们其中那只跑得最快的轮子。"

两只轮子一听这话,不禁你看看我,我看看你,打起了小算盘。比赛开始后,两只轮子都想跑在前面,结果你争我抢,互不配合,待它们气喘吁吁地跑到终点站时,只见独轮车早已站在那里等着它们了。独轮车见两轮车的两只轮子还在那里互相埋怨,指责对方,不禁笑道:"本来这次应该你们赢的,可谁知道你们会上我的当呢!"

牧 羊 虎

牧羊犬生病住进了医院，狮王派老虎前来接替它的位置。羊们一见，吓得半死，把大门关得紧紧的，不让老虎跨进半步。

可几天下来，羊们忽然发现，这只老虎与众不同，不仅从不伤害它们，而且一点儿也不凶残，有一次看见一只猫经过，居然还吓得躲到羊圈里来呢。

这究竟是怎么回事啊？羊们便去问狮王。狮王笑着说道："你们不知道，我已把它的虎胆换成鼠胆了，你们以后再也不用怕它了。"

羊们十分高兴，从此便和老虎成了好朋友。可没想到，时间一长，附近的野兽们知道了事情的真相，便再也不把老虎放在眼里。野狼、豹子、狐狸经常大摇大摆地闯进羊圈，当着老虎的面抓走羊。老虎每回见了，不仅不敢上前阻挡，还总是躲得远远的。待狮王发觉情况不好，为时已晚，羊圈里的羊已所剩无几了。

国 王 选 才

有个昏庸无能的国王，整天害怕有人要来杀他，抢他的王位。为此，夜夜失眠，无论吃什么药都不行。

一天，诡计多端的国王想出一招，急命亲信在各地张贴布告，说是要公开招贤，选拔治国人才。招贤公告一经贴出，确实吸引了大批人才，纷纷从各地赶来。短短几个月时间，已经有数千人前来应聘，但最后都没能通过国王这一关。

亲信想不明白，便斗胆问国王，究竟要选什么样的人才。国王沉吟片刻，缓缓地说道："大凡人才，必有野心。我要选的人才，就是要有当国王的野心。"

亲信惊出了一身冷汗，说道："国王阁下，除非这人吃了豹子胆，活得不耐烦了，你就是给十个胆，也没有人敢来抢您的王位啊！"

"这就对了！"国王耸耸肩，得意地笑道，"我很高兴，至今还没有发现这样的人才，现在我终于可以安心地睡大觉了！"

缺 点 的 兄 弟

缺点深知自己长得很丑,平时害怕得连门也不敢出。缺点为此非常伤心,找到一位美容专家,请求美容专家把他的"缺点"美容一下。

美容专家把缺点仔仔细细地打量了一番后,说道:"你这缺点不能美容,如果一美容,你就会长出来一个弟弟,再美容,你又会长出来一个弟弟,这样,你不仅美容不了,兄弟还会越来越多。"

缺点深感失望,喃喃地问道:"那我该怎么办呢?"

美容专家认真地说道:"其实我觉得你长得也并不怎么丑,你不妨大胆地走出门去,时间一久,人们反而会觉得你挺可爱的。"

缺点想了好久,终于痛下决心接受了美容专家的劝告。连他自己也没有想到,从此以后,他身上的缺点不仅越来越少,还很快一个个都变成优点了呢。

汗水的味道

两滴汗水在落地的一刹那相遇了。一滴汗水对另一滴汗水说:"主人说我是苦的,可你为什么还那么高兴呢?"

另一滴汗水听了,不服气地说道:"你说得不对,我的主人明明说我是甜的啊!"

两滴汗水为此争了起来,正争执不下时,一位白发老者走上前来,说道:"你们两位都别争了,其实你们两位都没有说错,你们两位的味道是一样的,只是你们的主人不同,在懒惰主人的嘴里,你们是苦的;而在勤快主人的嘴里,你们却是甜的。"

牟丕志寓言六篇

会飞的兔子

兔子站在山谷的边缘，望着对面地上成片的绿草，垂涎三尺。但是，山谷实在太宽了，足有几十米，恐怕任何野兽都无法逾越，除非长着翅膀的鸟。

兔子叹了一口气，它心想，自己如果长翅膀就好了，那样可以轻而易举地飞到对面的草地上痛快地美餐一顿了。它正胡思乱想，忽然有一股巨大的旋风刮了过来，兔子躲闪不及，被刮上了天空。兔子只觉得天旋地转，晕晕乎乎，弄不清东南西北，一会儿的工夫，它轻轻地摔在了地上。

它揉了揉眼睛，惊呆了，原来自己已经被旋风裹挟着飞过了山谷，脚下正是它做梦都想来的绿草地。这时，黄牛、山羊、野猪等动物发现山谷对面飞过来一个东西，便赶紧跑过来看个究竟。近前一瞧，它们简直不相信自己的眼睛，这个会飞的东西竟然是兔子。于是大家把兔子举向空中，表示对兔子本领的欣赏。而后，大家如众星捧月，围着兔子问长问短，表现出对兔子的无限崇拜之意。兔子立马儿成为这些动物的核心，它高兴极了。

兔子会飞的消息很快在动物王国中传开了，兔子成了动物世界的体育明星。由于它创造了只身飞跃山谷的动物世界纪录，动物们对它心服口服。黄牛、山羊、野猪等先后请兔子到自己的领地，给大家作报告。于是，兔子伴着阵阵掌声，走上讲台。它声情并茂，慷慨陈词，一五一十地讲述自己飞跃山谷的经过、体会和感悟。它越讲越激动，越讲越上瘾，常常一讲就是半天。兔子从童年讲到青年，从喜欢吃的青草讲到自己挖的洞，从自己的腰围讲到自己的体重。它口若悬河，滔滔不绝，兔子的演讲水平迅速提高了。

在大家的一片赞赏和喝彩声中，兔子觉得自己真的成了一只会飞的天才。它踌躇满志，得意扬扬。它觉得自己眼前迸射出一片灿烂的光芒。

　　一天，它心血来潮，当着大家的面，说自己要再次表演飞跃山谷的绝技。只见它站在山谷的边上，用足了力气，猛地向对面跃去。

　　可是，它只飞出几米便坠到山谷下了。

癞蛤蟆的理想

很久以来,动物世界时兴树立远大的理想和抱负。有一句名言叫作"成功始于远大理想",什么是远大理想,没有具体的标准。癞蛤蟆的理想是吃天鹅肉,这在动物世界中已经家喻户晓了。

一代又一代的癞蛤蟆为了实现这个伟大的理想而奋斗,几乎每个癞蛤蟆都从小立志要吃天鹅肉。这是它们一生奋斗的起点,是它们生命历程中的一个十分重要的里程碑。由于树立远大理想的意义非常大,所以,它们经常围绕这一神圣而伟大的题目,展开热闹和广泛的讨论。有许多癞蛤蟆学者连篇累牍地发表论文,说明树立吃天鹅肉这一远大理想的必要性、可行性、长久性。大家都认为,树立吃天鹅肉的伟大理想,是每个癞蛤蟆成才的必由之路,是癞蛤蟆家族兴旺发达的根本保证。如果谁不树立吃天鹅肉的伟大理想,那么它就和行尸走肉没有什么两样,简直没有资格在这个世界上活下去。

同样是树立远大的理想,也有高下之分。吃天鹅肉,吃一口是吃,吃一只也是吃,那么吃一只天鹅的理想当然要比吃一口天鹅的理想高出一大截。于是,大家在树立理想的过程中,开始了高度大比拼。有的说要吃10只天鹅,接下来有的就提出要吃100只天鹅,后面的又提出吃1000只天鹅。有一个大胆的癞蛤蟆说要吃1万只天鹅,成为当时的最高纪录,它也因此成为树立远大理想的标兵。此后,它经常被邀请到各处演讲,宣传和介绍自己树立远大理想的体会,可谓得意扬扬,风光无限。可是,好景不长,又有癞蛤蟆提出了树立吃10万只天鹅的理想。这样,这只癞蛤蟆便取代了先前那只癞蛤蟆，成为癞蛤蟆世界中光彩夺目的明星。

随着时间的推移，癞蛤蟆吃天鹅肉的理想目标不断被刷新。

前不久，有一只花脸癞蛤蟆提出要吃1000万只天鹅的目标，成为新一代癞蛤蟆的明星，它被大肆地表彰和宣传。《癞蛤蟆日报》、《癞蛤蟆宣传报》、癞蛤蟆电视台、癞蛤蟆广播电台纷纷报道了这只花脸癞蛤蟆的事迹，号召所有的癞蛤蟆都要向它学习。

但并非所有的癞蛤蟆都心往一处想，就在大家争相树立吃天鹅理想的时候，有一只癞蛤蟆提出，它不想树立吃天鹅的理想，它的理想是每天能够吃到足够多的虫子、蜜蜂和蚱蜢。它的话立即引起了轩然大波，它因此被抓了起来，强制送往癞蛤蟆精神病医院进行治疗。

上帝得知这件事之后，觉得很奇怪，就变成了一只天鹅，飞到了癞蛤蟆的领地。癞蛤蟆发现一只从未见过的怪物从天而降，吓得四处奔逃，狼狈不堪。

上帝连连摇头，说："连天鹅的样子都不知道，就想吃上千万只天鹅，实在是荒唐透顶、可笑至极。"

猎豹领跑

　　动物王国经常举行长跑比赛，为了提高选手们的成绩，动物体育运动组委会决定确定一名动物领跑员。领跑员需要有很强的奔跑能力，速度要快，否则很难达到领跑的目的。

　　但问题是，领跑员是要做出牺牲的。因为在前面领跑而过早地消耗了体力，往往会丧失夺冠的机会，甚至会落在后面，很难取得好成绩。这对于一个运动员来讲，无疑是十分残酷的，有谁愿充当这一牺牲的角色呢？

　　猎豹是动物运动员中竞争实力很强的选手，它说："我愿意当领跑员。"

　　一开始大家不相信这是真的，但直到动物运动组委会做出了让猎豹领跑的决定，大家才相信这是真的。大家为猎豹的牺牲精神所感动，纷纷赞赏猎豹的高尚品格，但猎豹很平静。它说："能为动物体育运动事业做点贡献，那是自己的幸福，不需要大家来赞扬，自己是心甘情愿的，它为此感到很快乐。"

　　动物长跑竞赛不断地进行着。每次猎豹都一马当先领跑在前面，它强有力的奔跑给整个运动场增添了无穷的活力，大家在猎豹强有力的领跑之下，个个儿激情高涨，大家风一样奔向终点。比赛成绩一次比一次好，运动水平飞快地提高。梅花鹿、狮子、羚羊等先后获得了冠军，猎豹却没有获得好成绩，但它并不在意，它只想如何完成领跑任务。它每一次都把领跑任务完成得十分完美，为此感到很充实。

　　动物们发现，猎豹在领跑过程中，短跑速度在迅速提高。在短距离内，没有谁能超过猎豹。

一次，动物体育运动组委会决定举行短跑比赛。猎豹依然担任领跑任务。比赛开始了，猎豹像往常一样一开始就加快速度，向终点飞快地奔去。当它第一个到终点时，其他动物被远远地抛在了后面。它跑得实在太快了，在短距离内，任何动物都难以追上猎豹，大家只能望尘莫及。

猎豹发现自己得了冠军，心里有些纳闷儿。它心想，我从来就没想到过取得冠军，今天怎么得到冠军了呢？

在领奖台上，动物体育运动组委会主任大象给猎豹发奖。当大象将金光闪闪的金牌挂在猎豹脖子上的时候，动物们发出了雷鸣般的掌声，久久不息，这是大家发自心中的声音。

此后，猎豹成为短跑的常胜将军，被称为终身冠军。它奔跑起来迅疾如风，没有任何动物能与之争高下。

强大改变丑陋

造物主在造大象的时候，一时疏忽把大象的鼻子拉得又大又长，使大象变得奇丑无比。它想为大象重新造一个鼻子，但是转念一想，世界上已经有很多美丽的动物了，比如老虎、长颈鹿、天鹅、孔雀等，也应该有一些丑陋的动物才是，这样会使世界变得丰富多彩。于是，它决定让大象接受丑陋的事实。

大象一开始不知道自己长得丑陋，它喜欢到动物中间去活动。可是，别的动物见了它后都纷纷躲开了，像是碰到了怪物。大象十分纳闷儿，心想，自己是一个善良温和的动物，从没有伤害过其他动物，可是为什么大家如此不愿意和我在一起呢？它感到莫名其妙。

有一天，大象去湖边喝水，湖水清如明镜，大象仔细地看着自己在水中的影像。天哪，自己怎么这样丑陋呀。甭说别的动物不愿意和自己在一起，就是自己对自身的形象都感到恶心，对此，大象伤心极了。大象心想，造物主，你这不是有意捉弄我吗，为什么给别的动物制造出比例合适而且好看的鼻子，偏偏给我造了一个奇大奇丑的鼻子？我可如何对待这只丑鼻子呀？

不过，大象是心胸开阔的动物，它接受了现实，决定善待这个丑鼻子。它想，既然有了这个丑鼻子，那么就用它做些事情吧。它先学会用鼻子吸水。只要自己站在河边上，把长长的鼻子往河中一伸，就很容易吸到河中的水。别的动物喝不到水的地方，大象往往能够喝到。大象还用长鼻子去卷树枝，拔树干，作为自己的食物。由于鼻子又长又大，它能够弄到很高地方的树枝、树叶，拔出很粗很粗的树木，丑鼻子给大象带来了数不清的好处。由于大鼻子发挥了作用，大象吃到和喝到的东西又多又好，由于经常使用鼻子干活儿，使大象得到了很好的锻炼，它的身体越来越强壮。亿万年之后，大象成为陆地上最为强大的动物，很少有动物敢挑战大象。

这一天，造物主忽然想起了大象和它的丑鼻子。造物主感到很内疚，自己一时突发奇想，却给大象造成了终生的缺憾。于是，它想找到大象，要给它重新造一只好看的鼻子。可是，当它找到大象时，却吃惊地发现大象不是原来的样子了，它变成了庞然大物。大象的鼻子比原来大多了，长多了，看上去并不丑，而是显得很有力量。

"这就是大象！"造物主惊叹一声，意味深长地说道，"大象是一个聪明的动物，它把自己的丑陋变成了一种力量，丑鼻子已成为大象生存的法宝，看来我没有必要再改造它了。"

上帝没有给它鱼鳔

上帝造了一群鱼。这些鱼种类多样，大小各异。为了让它们具有较强的生存本领，上帝把它们的身体做成了流线型，而且十分光滑，这样它们游动起来可以大大地减少水的阻力。上帝使每一种鱼拥有短而有力的鳍，使鱼在大海中能够自由自在地游动。

待上帝把这些鱼放到大海中的时候，忽然想起一个问题。鱼们的身体比重大于水，这样，鱼一旦停下来，它就会向海底深处沉下去。沉到一定深度，就会被海水的压力压死。于是，上帝赶紧找到这些鱼，又给了它们一个法宝，那就是鱼鳔。

鱼鳔是一个可以自己控制的气囊。鱼可以用增大、缩小气囊的办法来调节自身的沉浮，这样，鱼在海里就轻松自在多了。有了气囊，鱼不但可以随意沉浮，还可以停在某地来休息。鱼鳔对于鱼来讲，实在是太有用了。

出乎上帝意料的是，他没有找到鲨鱼。鲨鱼是个调皮的家伙，它刚一入海，便消失得无影无踪了。上帝费了好大的劲儿也没有找到它。上帝心里说，这也许是天意吧，既然找不到鲨鱼，那么只好由它去吧。显然，这对于鲨鱼来讲，实在是太不公平了。可以想见，它由于缺少鱼鳔可能很快就会沦为海洋中的弱者，最后被淘汰。为此，上帝感到心里很愧疚。

亿万年过去了，上帝忽然想起了它放到海中的那群鱼，他想看看它们眼下到底生活得如何。他尤其想知道，当初没有鱼鳔的鲨鱼如今到底怎么样了，是否已经早就被别的鱼吃光了。

当他将海里的鱼家族都找来的时候，已经分不清哪些是当初的大鱼小鱼和白鱼黑鱼了。因为，经过亿万年时光的打磨，所有的鱼都改变了模样，连当初的影子都找不到了。

面对千姿百态、大大小小的鱼，上帝问："谁是当初的鲨鱼？"

这时，一群威猛强壮、神气飞扬的鱼游上前来，它们就是海中的霸王——鲨鱼。

上帝十分惊讶，他心想，这怎么可能呢？当初，只有鲨鱼没有给予鱼鳔，它要比别的鱼多承担多少压力和风险啊。可是，现在看来，鲨鱼无疑是鱼类中的佼佼者和优胜者。这到底是怎么回事呢？

鲨鱼说："我们没有鱼鳔，就无时无刻不面对压力。因为没有鱼鳔，我们就一刻也不能停止游动，否则我们就会沉入海底，死无葬身之地，所以，亿万年来，我们从未停止过游动，没有停止过抗争，游动和抗争成了我们的生存方式。因此，我们练就了最强壮的身体。正是因为没有鱼鳔，我们才成了海中的霸王。"

听完这番话，上帝恍然大悟。

站在高处的猴子

猴子在森林里过着快乐的生活。猴子是爬树的高手,它在树上穿行如履平地,令大家羡慕不已。

山羊不会爬树,它经常将脖子伸得长长的,艰难地吃树上的叶子。但是,当它吃了一会儿之后,它就吃不到了,因为,低矮的树枝实在太少了。

看到这些,猴子在树上总是哈哈大笑。

它说:"瞧你这个笨山羊。树上有好多好多的嫩树叶,你若爬到树上来吃,该多爽快呀。快上来呀,我可以拉你一把。"

山羊知道猴子在嘲弄自己,但它并不在意。它依然费劲地伸着脖子吃着树叶,不一会儿就从一棵树下移到另一棵树下。

有一天,一头野牛被狮子追杀,野牛围着大树转来转去,想摆脱这只凶恶的狮子。但是,狮子并不是那么好对付的,它已经缠住了野牛,野牛看上去十分危险。

猴子在树上说话了:"野牛先生,快上树,只要上了树,狮子就没有办法了。"

野牛十分生气,但它顾不得对付树上的猴子。

在危急关头,一群野牛跑过来助战。它们一齐冲向了狮子,狮子被赶走了,猴子觉得很扫兴。

有一天,一只兔子在树下捡猴子吃过的果核,当作自己的粮食。猴子看在眼里,心生诡计。它故意将果核丢得远远的,让兔子跑过去捡。看着兔子可怜巴巴的样子,猴子快活极了。

猴子对兔子说："你称我为大王，我就把果核扔给你。"

兔子并不理睬猴子，依然我行我素。它深知，猴子是一个轻浮浅薄的家伙。

有一天，森林突然发生了火灾，大家被迫转移到了一片草地上生活。

山羊、黄牛、兔子静静地在地上吃草，生活与原来没有什么两样。

可是，猴子发现自己无法找到想吃的果子，它陷入了困境。

令它不解的是，它发现自己比黄牛、山羊矮多了，与它最瞧不起的兔子个头儿差不多。

猴子终于明白了：是那高高的大树给它以无限的荣光和威风，如今，大树没有了，它变得一文不值。

它只能眼睁睁地等着被饿死。

附　录

本书作者简介：

孙建江，作家、学者、出版人。中国寓言文学研究会会长，中国作家协会会员。浙江师范大学、浙江工商大学、云南大学兼职教授、客座教授。著有作品集《美食家狩猎》《试金石》等四十余种，学术著作《二十世纪中国儿童文学导论》《童话艺术空间论》等十余种，主编《中国寓言研究》等。曾应邀参加"世界儿童文学大会"（首尔）、"海峡两岸童话学术研讨会"（中国台北）、"国际儿童读物联盟（IBBY）世界大会"（中国澳门）等国际和国内学术会议做主题发言。作品和论述被翻译为英、日、韩等文字。曾获全国优秀儿童文学奖、中国图书奖等国家和全国性奖项三十余次。

周冰冰，女，辽宁沈阳人。文化学研究生，一级文学编辑，中国作家协会会员，中国寓言文学研究会副会长，出版寓言集、学术著作、长篇小说以及电视连续剧多部。作品多次获国家及省级文学类奖项。荣获中国电视金鹰一等奖、中国电视星光奖及浙江电视牡丹一等奖。

余途，本名陈唯斌，1960年出生于北京。中国寓言文学研究会副会长兼秘书长，中国作家协会会员，北京作家协会会员。寓言及小说作家，1984年发表第一篇寓言，著有《余途寓言》《余途不多余》《飘去桃花》《心上荷灯》《愚说》等作品集。《余途不多余》获中国寓言文学研究会第五届"金骆驼奖"一等奖，作品《对历史的研究》获全国第九届金江寓言文学奖。

凡夫，本名段明贵，湖北襄阳人。中国作家协会会员、中国寓言文学研究会原会长，湖北省作家协会原副主席。寓言先后获2002年、2006年度冰心儿童图书奖，第一届、第二届、第三届"金骆驼奖"。《快乐》等5篇寓言分别入选人教版、北师大版、冀教版和香港版中小学语文课本。《苹果的味儿》选作2011年辽宁省高考作文题。

干天全，当代寓言家，四川大学文学与新闻学院教授、硕士生导师，四川省音乐学院、西南石油大学艺术学院、四川电影电视学院兼职教授，四川省写作学会会长，《中国乡土文学》杂志总编。现已出版寓言集《天全寓言》《龙的演变》《寓言精华》《中国古代寓言新编》《十二生肖寓言》《世界寓言大观》等，三次获中国寓言文学"金骆驼奖"，作品入选国内多种寓言选本和中小学教辅教材及课外读物。另出版诗集、散文集、学术专著、编著20余本。发表学术论文、文学评论100余篇。

汤祥龙，中国作家协会会员，在海内外报刊发表小说、散文、寓言、报告文学、评论等数百万字，其中作品《壶王》《对手》分别被选入《中国新文学大系微型小说卷》和《大学英语》等，《夫妻获奖》荣获《小说月报》百花文学奖。自2002年开始，先后在北京、中国台湾等地出版寓言文学创作集近20本，其中有《讽刺戏剧家和一观众》《小狐狸的黄金寓言》《一千零一梦的黄金寓言》《寓言藏宝图》等，创作发表数达3000篇，作品多次被报刊书籍选载，两次获中国寓言文学"金骆驼奖"，两次获冰心儿童文学新作奖。

牟丕志，中共党员，中国作家协会会员。国家一级作家。《读者》杂志签约作家，辽宁文学院第四届、第五届、第七届签约作家。兼任中国金融作家协会副主席、中国农业银行作家协会主席、辽宁金融作家协会主席及秘书长、辽宁省杂文学会副会长。现任某报社主任记者。